NAME: Justus Jonas
FUNKTION: Erster Detektiv
FRAGEZEICHENFARBE: weiß
BESONDERE MERKMALE: das Superhirn der drei ???; Meister der Analyse und Wortakrobatik; erstaunlich schneller Schwimmer; zu Hause auf dem Schrottplatz von Tante Mathilda und Onkel Titus; zupft beim Nachdenken an seiner Unterlippe
IST FAN VON: Tante Mathildas Kirschkuchen und Denksport aller Art

NAME: Peter Shaw
FUNKTION: Zweiter Detektiv
FRAGEZEICHENFARBE: blau
BESONDERE MERKMALE: fü
Herausforderungen immer z
der Schule; großer Tierfreund
aller Art, die seinem Dietrichset einfach nicht standhalten können; neigt zu Vorsicht und Aberglauben
IST FAN VON: schnellen Autos (insbesondere seinem MG), der südkalifornischen Sonne, so ziemlich jeder Sportart

Die drei ???®

Die drei ???®

und das silberne Amulett

erzählt von Marco Sonnleitner

Kosmos

Umschlagillustration von Silvia Christoph, Berlin
Umschlaggestaltung von eStudio Calamar, Girona, auf der Grundlage der Gestaltung von Aiga Rasch (9. Juli 1941 – 24. Dezember 2009)

MIX
Papier aus verantwortungsvollen Quellen
FSC® C014496
FSC
www.fsc.org

Gedruckt auf chlorfrei gebleichtem Papier

ISBN 978-3-440-14696-5
Redaktion: Anja Herre
Lektorat: Nina Schiefelbein
Produktion, Layout und Satz: DOPPELPUNKT, Stuttgart
Printed in Germany / Imprimé en Allemagne

Die drei ???®
und das silberne Amulett

Sintflut im Hause Jonas

»Wun-der-bar!« Tante Mathilda stemmte die Hände in die Hüften und sah sich glücklich um. »Einfach wun-der-bar! Genau so habe ich mir das vorgestellt.«
Auch die drei Jungen begutachteten noch einmal ihr Werk. Den ganzen Tag hatten sie zusammen mit Onkel Titus die Küche im Hause Jonas neu gestrichen. In Grün. Mintgrün laut Farbeimer. Bob hätte eher *Giftgrün* dazu gesagt und Peter hatte beim ersten Pinselstrich unwillkürlich an das denken müssen, was er manchmal in seinem Taschentuch fand, wenn er Schnupfen hatte. Aber es musste ja Tante Mathilda gefallen, nicht ihm.
»Ich geh duschen.« Onkel Titus drehte sich zur Tür.
»Jetzt gefällt es dir doch auch, Schatz, nicht wahr?« Tante Mathilda zeigte stolz zur Wand. »War doch eine gute Wahl. Wun-der-bar!«
»Hm.« Onkel Titus machte ein Gesicht, als hätte er Bauchschmerzen. Justus wusste, dass er gerne weiße Wände gehabt hätte, einfach nur weiß. Nicht grün. Und schon gar nicht dieses Grün, das ihm im Augenblick sogar im Bart klebte. Und auf der Nase. An den Ohren. Am Hals. Einfach überall.
»Dann setzt euch mal an den Tisch! Diese Belohnung habt ihr euch redlich verdient. Ich habe ein neues Rezept für Walnusseis ausprobiert und es schmeckt einfach fa-bel-haft!« Tante Mathilda war wirklich in Hochstimmung. Ihre Augen funkelten förmlich vor guter Laune. »Und du beeil dich, mein Guter, das willst du nicht verpassen!«

»Hm.« Onkel Titus zog von dannen.
Das Eis war in der Tat fa-bel-haft. Tante Mathilda hatte nicht zu viel versprochen. Ein Traum aus Süße, Nuss und sanftem Dahinschmelzen. Peter hätte am liebsten pausenlos gehmmt, Bob schloss genießerisch die Augen und Justus fühlte sich, als würde er gleich abheben und losschweben.
»So wie Titus eben hat Justus auch mal ausgesehen.« Tante Mathilda deutete lächelnd mit dem Löffel auf ihren Neffen. »Weißt du noch? Damals warst du drei oder vier. Nein, das weißt du nicht mehr, du warst noch zu klein.«
Justus zog den Hals ein. Was kam denn jetzt?
»Du warst bei uns zu Besuch und hast im Bad meine grüne Moorpaste entdeckt.« Sie strahlte Peter und Bob an. »Und als wir den kleinen Wonneproppen mal drei Minuten aus den Augen ließen, schwupps!, schnappte er sich die Tube und schmierte sich sein ganzes Gesichtchen mit meiner Peelingcreme ein.«
Justus stöhnte leise. »Tante Mathilda, diese alten Geschichten will doch nun wirklich keiner hören.«
»Ich schon.« Peter grinste. »Und dann?«
»Dann kam er zu uns in die Küche, hierherein ist er gekommen, ich weiß es noch, als wäre es gestern gewesen, und meinte: ›Hu, bin ein Geist, bin ein Geist!‹ Der kleine Lausejunge!« Tante Mathilda seufzte. »Du warst schon damals so … aufgeweckt.«
Justus starrte auf die Tischdecke, Peter gluckste, Bob machte leise »Huhu!«.
»Und ein anderes Mal –«
»Tante Mathilda! Bitte!«

»Nein, das war auch lustig! Ein anderes Mal hatte er sich –« Tante Mathilda hielt inne. »Nanu?« Sie sah zur Decke.
Die drei Jungen hoben ebenfalls die Köpfe.
»Was ist?«, fragte Peter.
»Ich habe einen Tropfen gespü… Da! Schon wieder einer!« Tante Mathilda tippte sich auf den Scheitel.
»Einen Tropfen? Wasser?« Justus suchte die Decke ab.
Pling! Ein Tropfen, der auf Bobs Teller landete. Plong! Ein weiterer auf der Tischdecke.
»Es tropft tatsächlich von der Decke!«, stellte Bob fest. »Das hatten wir zu Hause auch mal und es entpuppte sich …« Pling, plong, plung! Die Tropfen fielen immer schneller. »… als handfester …« Die Decke verfärbte sich. Eine feine, dunkle Linie war zu sehen, die schnell größer wurde. »… Wasserrohrbruch.«
»Wasserrohrbruch?« Tante Mathilda sprang auf. »Du glaubst, wir haben einen Wasserrohrbruch?«
»Donner und Doria!« Onkel Titus stolperte zur Tür herein. Tropfnass und nur mit einem Handtuch um die Hüften. »Wir haben einen Wasserrohrbruch! Oben sprudelt es förmlich aus der Wand! Justus! Renn in den Keller und dreh den Haupthahn zu und die Sicherungen raus! Die anderen bringen alles in Sicherheit, was nass werden könnte! Schnell!«
»Oh Gott! Meine schöne Küche!« Tante Mathilda schlug die Hände über dem Kopf zusammen.
Hektik brach aus. Justus spurtete in den Keller, wo er aber nicht gleich an den Haupthahn für das Wasser kam. Weil ein Regal davorstand. Er rief nach Bob und in Windeseile räumten sie das Regal leer und zur Seite, während im Ober-

geschoss das Wasser aus dem Bad bereits in den Flur schwappte und im Erdgeschoss nun auch das Wohnzimmer von oben betropft wurde. Tante Mathilda jammerte, rannte und trug davon, was sie in die Finger bekam, Onkel Titus schleppte Möbel und kämpfte mit seinem Handtuch, und Peter stellte alles, was er an Eimern, Töpfen und Schüsseln finden konnte, unter die tropfenden Stellen.

Dann klemmte der Hahn. Seit Jahren war er nicht zugedreht worden, Jahre, in denen der Kalk ganze Arbeit geleistet hatte. Sosehr sich Justus und Bob auch anstrengten, der Hahn bewegte sich keinen Millimeter.

»Der Hahn! Da tut sich nichts!«, schrie Justus nach oben.

»Das muss aber!«, schrie Onkel Titus zurück.

»Oh Gott!«, wehklagte Tante Mathilda.

»Ich brauche mehr Töpfe!«, rief Peter.

Das Chaos nahm immer größere Ausmaße an. Bis Onkel Titus den Hahn endlich mithilfe einer Rohrzange zugedreht hatte, plätscherte das Wasser bereits über die ersten Treppenstufen. Kleinere Möbel und Geräte hatten die Jungen und Tante Mathilda zwar in Sicherheit bringen können, aber die Teppiche im Obergeschoss und auch der im Wohnzimmer waren zum Teil klatschnass und an zwei Küchenwänden hatten sich zahlreiche Rinnsale gebildet.

»Meine schöne Küche!« Tante Mathilda war am Boden zerstört. Wie ein Häufchen Elend saß sie auf dem Stuhl und betrachtete die Bescherung.

»Halb so schlimm, Liebste, das wird schon wieder.« Onkel Titus, mittlerweile im Bademantel, tätschelte die Hand seiner Frau. »Es gibt Schlimmeres.«

»Die schönen Wände.« Tante Mathilda schluchzte. Im Moment konnte sie gar nichts trösten.
Es dämmerte schon, als alles so weit versorgt war, dass das Haus wieder einigermaßen bewohnbar war und das, was nass geworden war, trocknen konnte. Die drei Jungen nahmen sich das restliche Walnusseis aus dem Gefrierschrank und zogen sich damit in die überdachte Freiluftwerkstatt am Rande des Schrottplatzes zurück.
»Meine Güte, was für ein Nachmittag!« Peter schob sich einen besonders großen Löffel Eis in den Mund. Jetzt war Stärkung angesagt.
»Kannst du laut sagen.« Bob deutete zum Haus. »Aber ich glaube, dass sich der Schaden in Grenzen hält.«
Justus machte eine zweifelnde Geste. »Warten wir's ab. Wasser kann eine heimtückische Kraft sein. Was Wände und Decken abbekommen haben, muss sich erst zeigen.«
»Du meinst, wir müssen nicht gleich morgen noch mal streichen?«, fragte Peter.
»Ich würde erst einmal abwarten.« Der Erste Detektiv grinste. »Und solange die Küche im Streifenlook belassen.«
Bob schmunzelte. »Hat auch was.«
Wie an einem unsichtbaren Faden gezogen drehten die drei Jungen in diesem Moment ihre Köpfe. Auf der anderen Seite des Bretterzauns, der die Freiluftwerkstatt von der Straße trennte, waren Schritte zu hören. Schnelle Schritte. Jemand rannte. Die Sohlen seiner Schuhe patschten auf den Bürgersteig und das Geräusch wurde immer lauter.
Doch urplötzlich hörte es auf. Die Person war stehen geblieben. Die drei Detektive hörten sie heftig atmen. Und noch

etwas hörten sie. Rascheln. Leises Klappern. Papier, das zerrissen wurde. Dann landete auf einmal etwas mit lautem Scheppern auf dem Dach der Freiluftwerkstatt, rollte über das Wellblech und eine Sekunde später fiel den Jungen eine Dose genau vor die Füße. Draußen rannte die Person weiter, entfernte sich schnell.

Die Verwunderung der Jungen dauerte nur kurz.

»Zweiter!«, rief Justus. »Zum Roten Tor! Bob zum Grünen Tor, falls Peter ihn verpasst!«

Die beiden Detektive zögerten keinen Augenblick. Auch sie waren alarmiert. Hier hatte niemand seinen Müll über den Zaun geworfen.

Peter sprintete über den Schrottplatz. Aber bis er den geheimen Durchgang im Zaun erreichte, verging einige Zeit, weil der Weg dorthin im Augenblick mit feuchten Möbeln und dahinter mit einer Wagenladung alter Fahrräder vollgestellt war. Als er endlich die beiden Bretter zur Seite gedrückt hatte und durch die Lücke geschlüpft war, konnte er weit und breit niemanden sehen.

Als Bob zum Grünen Tor kam, hörte er dahinter wieder die Schritte. Die Person war bereits vorbeigerannt, aber vielleicht konnte er sie noch sehen und verfolgen. Der dritte Detektiv betätigte den Geheimmechanismus und zwängte sich durch den Zaun. Plötzlich vernahm er erneut Schritte. Andere Schritte. Härtere. Die sich näherten. Bob trat vollends auf den Gehweg und wollte sich eben aufrichten, als ihn jemand mit voller Wucht umrannte.

Alles außer Bonbons

Als Peter einige Minuten später die Zentrale betrat, saß Justus vornübergebeugt am Schreibtisch und löffelte Eis. Die Zentrale der drei Detektive war ein alter Wohnanhänger, der auf dem Schrottplatz der Familie Jonas unter einem riesigen Haufen Altmetall verborgen lag und nur über versteckte Eingänge zu erreichen war. In diesem Anhänger fand sich alles, was die Jungen für ihr kleines Unternehmen benötigten: Telefon und Computer, ein Kriminallabor, und sogar eine Dunkelkammer besaß der betagte Campingtrailer.

»Und?« Der Erste Detektiv betrachtete die Gegenstände, die ausgebreitet vor ihm auf dem Tisch lagen, und schob sich ein großes, eisumhülltes Stück Walnuss in den Mund.

Peter zuckte die Achseln. »Nichts. Ich bin sogar ein paar Straßen weitergelaufen, aber ich habe niemanden rennen sehen.« Der Zweite Detektiv kam einen Schritt näher. »Was hast du da?«

Die Tür des Wohnwagens öffnete sich abermals und Bob trat herein. Sein Gesicht war schmerzverzerrt und er hielt sich die linke Schulter. »Hallo, Kollegen.«

»Was ist denn mit dir passiert?«, fragte Peter. Auch Justus drehte sich jetzt auf seinem Bürostuhl um.

»Tja«, stöhnte Bob und ließ sich behutsam in einen der Sessel sinken. »Mächtiger Rums. Ich stieg gerade durch das Grüne Tor, als mich irgendwer umrannte. Aber so richtig. Ich habe erst einmal Sternchen gesehen.«

»Ist was kaputt?« Peter deutete auf die Schulter.

»Nein, ich glaube nicht. Tut nur höllisch weh.«

Justus bedachte seinen Freund mit einem mitfühlenden Blick. »Konntest du dennoch irgendetwas erkennen?«

»Jein.« Bobs Kopf schwankte hin und her. »Aber ich glaube nicht, dass es die gleiche Person war, die wir außerhalb der Freiluftwerkstatt bemerkt haben. Den Laufgeräuschen nach zu urteilen, war die schon am Grünen Tor vorbei, als ich rauskroch, und kurz vor dem Rums habe ich noch andere Schritte gehört. Von Schuhen mit härteren Absätzen.«

»Noch jemand, der rannte?« Justus' Frage war eher eine Feststellung.

Bob nickte dennoch. »Ja. Und da war noch was. Ich konnte zwar niemanden erkennen, aber kurz bevor ich mich für ein paar Momente ins Land der Träume verabschiedete, habe ich Benzinduft wahrgenommen.«

»Benzinduft?«, echote Peter.

»Der Typ roch eindeutig nach Benzin. Und: Im Fallen suchte ich irgendwie nach Halt und bekam die Hose des Kerls zu fassen.« Der dritte Detektiv öffnete seine linke Hand und streckte sie aus. »Als ich wieder bei Sinnen war, hatte ich das in den Fingern.«

Justus kam näher. »Hm. Sieht nach Samenkapseln aus. Korbblütler, vermute ich.«

»Dieses Klettenzeug.« Peter nahm sich eine der haarigen, etwa erbsengroßen Kapseln von Bobs Handfläche. »Shadow hat diese Dinger ab und zu im Fell. Also nicht genau die, aber so ähnliche.« Shadow war Peters irischer Wolfshund, der aber die meiste Zeit bei seiner Tante auf einer Orangenplantage lebte.

Der Erste Detektiv lehnte sich zurück. »Interessant. Sehr interessant. Zwei Personen, die an unserem Schrottplatz entlangrennen, einer davon sicher ein Mann, wenn ich dich richtig verstanden habe, Dritter.«
Bob nickte. »Ich würde sagen, ja. Hose, Klang der Schritte, der Rums. Müsste ein Mann gewesen sein.«
»Gut.« Justus zog seine Eisschale zu sich und gönnte sich einen weiteren großen Happen. »Eine Person, bekleidet mit eher leichtem und leisem Schuhwerk, befördert eine Bonbondose über den Zaun. Die andere, ein Mann, der nach Benzin riecht und Klettenkapseln an der Hose hat, befindet sich nicht weit hinter dem Dosenwerfer.«
»Hört sich ganz nach Verfolgungsjagd an«, meinte Peter und sah sich um. »Wo ist eigentlich mein Eis?«
Justus deutete auf die Eisschale in seiner Hand. »Ich wusste ja nicht, wann du wiederkommst. Und bevor es schmilzt … Willst du?« Er hielt ihm Eis und Löffel hin.
Peter winkte dankend ab. »Nee, lass mal.«
»Dann nicht. Aber das mit der Verfolgungsjagd sehe ich genauso.« Der Erste Detektiv drehte sich wieder zum Schreibtisch um. »Womit der Inhalt der Dose unsere ganz besondere Aufmerksamkeit verdient.«
»Das war in der Dose?« Peter zeigte auf die Gegenstände, die auf dem Tisch lagen.
Bob erhob sich und kam ebenfalls zum Schreibtisch. »Mein Eis hat vermutlich auch schon das Zeitliche gesegnet, oder?«
»Das war ja schon ganz weich.«
»Natürlich.« Bob lächelte spöttisch, nahm sich die dunkelrote, etwa handtellergroße und eher flache Blechdose und

besah sie von allen Seiten. »Coughy's Hustenbonbons, Waldfrüchte.«
»Vermutlich unwichtig und eher Mittel zum Zweck, um das hier zu transportieren«, sagte Justus und wies nacheinander auf die einzelnen Gegenstände vor ihm. »Zwei Schlüssel, eine Ein-Cent-Münze, ein zusammengeknülltes Parkticket vom Little Dume Beach, auf dem hinten …«, der Erste Detektiv drehte den Parkschein um, »… der Name *A. Berret* vermerkt wurde, des Weiteren eine Art Anhänger aus Silber, auf dem eine Sonne abgebildet ist, sowie ein Stück weißes Papier.«
Peter ging ganz nah an den Zettel heran und drehte ihn hin und her. »Steht nichts drauf. Ein weißes Stück Papier.«
Justus nickte. »Ein weißes, unbeschriebenes Stück Papier.«
»Nach Müll sieht das alles nicht aus.« Bob griff nach dem silbernen Anhänger.
»Ganz und gar nicht.« Justus verschränkte die Finger. »In Anbetracht dieses bemerkenswert rätselhaften Inhaltes und der Geräusche, die wir vor der Freiluftwerkstatt vernommen haben und die mit hoher Wahrscheinlichkeit vom Befüllen der Dose herrührten, liegt die Vermutung nahe, dass uns jemand ganz bewusst diese Dose beziehungsweise ihren Inhalt zukommen lassen wollte.«
»Aber warum?«, fragte Peter. »Wir wissen ja überhaupt nicht, was es mit dem ganzen Zeug auf sich hat.«
»Vielleicht sollen wir genau das herausfinden.«
»Der Dosenwerfer könnte tatsächlich auf der Flucht gewesen sein«, überlegte Bob. »Sein Verfolger ist ihm auf den Fersen, er rennt am Schrottplatz vorbei und wirft über den Zaun,

was er unbedingt loswerden muss, für den Fall, dass man ihn schnappt.«
»Aber ich sehe keinen Mikrofilm, keine Diamanten, keinen USB-Stick«, erwiderte Peter. »Was soll an dem Kram so wichtig sein? Die Schlüssel? Weil sie zu einem Tresor gehören? Oder ist der Anhänger wertvoll? Und wer wirft eine Dose über den Zaun eines riesigen Schrottplatzes?«
»Jemand, der uns vielleicht kennt«, sagte Justus nachdenklich. »Und seinen Fluchtweg womöglich so geplant hat, dass er hier vorbeiläuft.«
Peter verzog das Gesicht. »Aber wenn wir nicht zufällig in der Freiluftwerkstatt sitzen, liegt die Dose noch in zwei Wochen auf dem Boden oder dein Onkel schmeißt sie weg.«
Justus zuckte die Schultern. »Vielleicht hatte unser Unbekannter keine andere Wahl, als dieses Risiko einzugehen.« Er nahm Gegenstände und Dose in die Hand, besah sie von allen Seiten und dachte kurz nach. »Folgt mir, Kollegen! Wir müssen etwas überprüfen.«
Zwei Minuten später standen die drei Jungen in etwa an der Stelle des Zaunes, von der aus der Fremde die Dose geworfen haben musste. Das Gras in dem schmalen Streifen zwischen Gehweg und Zaun war hier zertreten.
»Etwa von hier flog die Dose über den Zaun.« Er ging in die Hocke, stellte sein Eisschälchen, das er ebenfalls mitgenommen hatte, neben sich und betrachtete konzentriert die nähere Umgebung.
»Da sind die Bonbons!« Bob zeigte auf ein Dutzend roter Lutschpastillen, die ganz in der Nähe im Gras lagen. »Er hat die Dose vorher ausgeleert.«

»Ein Fußabdruck!« Peter kniete sich hin. In einen Flecken Sand hatte sich der vordere Teil eines Schuhprofils eingedrückt. »Da steht … wartet … *nners.*« Peter dachte kurz nach. »Runners! Der Typ trägt Runners-Turnschuhe!«

»Wenn der Abdruck von unserem Unbekannten stammt.« Justus nahm sein Schälchen und erhob sich wieder. »Kollegen, ich bin mehr und mehr der Ansicht, dass uns hier Hinweise zugespielt wurden, mit denen es eine ganz bestimmte Bewandtnis hat!« Er kratzte das letzte bisschen Eis zusammen und führte den Löffel in den Mund. »Wir dürfen davon ausgehen, dass uns soeben ein neuer Fall übertragen wurde! Der Auftrag wurde zwar anonym erteilt, aber nichtsdestotrotz gibt es –«

Es knackte! Laut und vernehmlich. In Justus' Mund. Gleichzeitig zuckte der Erste Detektiv zusammen und stöhnte schmerzvoll auf.

»Was hast du, Just?«, fragte Bob besorgt.

»Nussschale! Mein Zahn!« Justus fasste sich an die Backe und verzog das Gesicht. »Ich glaube, ich habe mir ein Stück Zahn ausgebissen.«

Schulterklopfen

Tante Mathilda war aufrichtig entsetzt. Das war ihr noch nie passiert, dass sie ein Stück Nussschale übersehen hatte. »Noch nie!«, wie sie hoch und heilig versicherte. Bei keinem Kuchen, keinem Gebäck, keinem Eis. Niemals! Aber jetzt war es geschehen und Justus konnte deswegen nur noch durch den linken Mundwinkel einatmen, weil rechts der kalte Luftstrom zu sehr schmerzte.

Die Praxis von Dr. Preston hatte jedoch um diese Uhrzeit längst geschlossen, und so musste Justus wohl oder übel bis zum nächsten Morgen warten, um seinen Zahn behandeln zu lassen. Bis dahin verordnete ihm Tante Mathilda Zwiebelpackungen auf der Wange. Die linderten den Schmerz zwar tatsächlich ein wenig, hatten aber auch die unangenehme Nebenwirkung, dass Justus andauernd die Tränen liefen und irgendwann alles an ihm nach Zwiebel stank. Doch Tante Mathilda hatte ein äußerst schlechtes Gewissen und bestand auf der Zwiebelkur.

Als Justus am nächsten Morgen in die Küche kam, hielt sie schon eine frische Packung bereit. »Ach, mein Großer, wie geht es dir? Wie hast du geschlafen?« Sie umrundete den Küchentisch und kam auf ihn zu. »Du Armer! Ich habe schon bei Dr. Preston angerufen. In einer halben Stunde kann er dich dazwischenschieben. Und die Schule weiß auch Bescheid, dass du später kommst.«

»Schön, aber die Zwiebeln können wir jetzt weglassen, glaube ich.« Der Erste Detektiv sah nicht gut aus. Seine Backe

war über Nacht angeschwollen, und dass er nicht besonders ruhig geschlafen hatte, war ihm auch deutlich anzumerken. Außerdem hatte er nach wie vor Schmerzen.
»Nein, nein, die nimmst du schön mit! Das tut dir gut!« Tante Mathilda legte ihm den Stoffbeutel mit den klein geschnittenen Zwiebeln auf die Wange und klopfte ihrem Neffen begütigend auf die Schulter. »Und wenn es dir nach dem Zahnarzt nicht gut geht, kommst du nach Hause, ja? Dann fällt die Schule heute eben mal aus.«
Nach einem kleinen Frühstück – Haferbrei – machte sich Justus auf den Weg zu Dr. Preston. Ohne Zwiebelbeutel. Im Hausflur begegnete er dem Klempner, der ihn freundschaftlich in die Schulter boxte und meinte, dass er ebenfalls gerne Zwiebelbrot zum Frühstück esse, obwohl man ja den ganzen Tag danach riechen würde. Und auf dem Schrottplatz hielt ihn Onkel Titus auf. Er erkundigte sich nach Justus' Befinden, klopfte ihm tröstend auf die Schulter und stellte ihm Mr Callahan vor. Für einen Moment kam Justus die Idee, dass es sich bei Mr Callahan um den Dosenwerfer handeln könnte, dessen Probleme sich glücklicherweise erübrigt hatten und der jetzt erklären wollte, was gestern eigentlich los gewesen war. Aber dem war nicht so.
»Mr Callahan hat die große Marmorplatte hinten bei den Gartensachen gekauft. Könnt ihr sie ihm heute Nachmittag vorbeibringen? Glaubst du, das geht mit deinem Zahn?«
»Nein, nein, nur keine Eile. Kommendes Wochenende reicht völlig«, meinte Callahan.
Die Marmorplatte also, die seit Jahren keinen Abnehmer gefunden hatte. Tante Mathilda würde sich mächtig freuen.

Justus reichte dem Mann die Hand. Er war um die fünfzig, groß gewachsen und muskulös. Aber die Marmorplatte konnte er natürlich unmöglich alleine schleppen. »Ich sage meinen Freunden Bescheid. Wäre Ihnen Samstag recht? So gegen drei Uhr?«
»Fantastisch!« Callahan lächelte erleichtert. »Zahnschmerzen, hm?« Er zeigte auf Justus' Wange.
Der Erste Detektiv nickte schwach. Heftiger nicken tat weh.
»Und die gute alte Zwiebelpackung?« Der Mann schnupperte demonstrativ.
Justus verzog das Gesicht.
»Aber das Zeug hilft, glaub's mir. Hat mir meine Mum auch immer verordnet. Stinkt zwar bestialisch, aber hilft.« Er lachte und – der Erste Detektiv ahnte es schon – klopfte Justus auf die Schulter. »Das wird schon wieder. Wir sehen uns dann am Samstag. Bis dahin sieht die Welt sicher wieder ganz anders aus.« Callahan lachte abermals. Dann nannte er Onkel Titus eine Adresse und verabschiedete sich.

Bob fuhr von der Schule aus direkt zur Stadtbibliothek von Rocky Beach. Dort kannte er sich nicht nur deswegen gut aus, weil er als dritter Detektiv für Recherchen und Archiv zuständig war und daher schon viel Zeit zwischen den staubigen Regalen verbracht hatte. Vor seinem Job in der Musikagentur von Sax Sandler hatte er öfter in der Bibliothek ausgeholfen und sich so sein Taschengeld aufgebessert.
Zunächst suchte Bob im hauseigenen Bestandscomputer nach passenden Büchern und schrieb sich die jeweiligen Signaturen auf. Aber da nicht alle Bücher im Computer erfasst

waren, durchstöberte er auch noch das alte Register mit den Karteikarten. Schließlich hatte er ein gutes Dutzend Bücher ausfindig gemacht, die ihm vielleicht von Nutzen sein konnten, schnappte sich einen der kleinen Rollwagen und sammelte seine Fracht in den Regalen ein. Dann suchte er sich einen lauschigen Platz am hintersten Tisch des Lesesaales, knipste die grüne Schreibtischlampe an und begann zu recherchieren.

Gestern Abend hatten sie noch ausgemacht, dass sie sich heute am frühen Nachmittag in der Zentrale treffen wollten. Bob sollte sich bis dahin vor allem in Bezug auf den silbernen Anhänger schlaumachen. Das erschien Justus am vielversprechendsten.

»Ich könnte mir vorstellen, dass er aufgrund seiner Machart und der verwendeten Motive einer womöglich indianischen Kultur zugeordnet werden könnte«, hatte Justus gemeint und auf Südamerika getippt.

Bob sah das ähnlich. Die Sonne auf dem Anhänger hatte durchaus etwas Indianisches. Aber eben eher südamerikanisch-indianisch. Ein wenig kannte sich der dritte Detektiv in Sachen Kunst aus, wenngleich das mehr für die Malerei als für Schmuckobjekte galt. Und der Anhänger wirkte auch einigermaßen echt. Jedenfalls stand nirgendwo *Made in China* oder *Produced in Taiwan* drauf. Und so wie die nachgemachte indianische Ramschware, die man in den Touristenläden kaufen konnte, fühlte sich das Ding auch nicht an.

Aber wirklich erfolgreich waren die Nachforschungen des dritten Detektivs nicht. In keinem einzigen seiner Bücher fand er genau die Sonne wieder, die ihn von dem Amulett anstrahlte. Ähnliche Abbildungen entdeckte er auf indianischen Schmuckstücken aus Peru und Chile. Aber sie waren eben nur ähnlich. Müde und ein wenig enttäuscht brachte Bob die Bücher schließlich wieder zurück an ihre Standorte und brach auf zur Zentrale.

Der Zweite Detektiv hatte die Aufgabe, sich um die beiden Schlüssel zu kümmern, die in der Dose gewesen waren. Er sollte in Erfahrung bringen, wo sie vielleicht Verwendung finden könnten, in welche Art von Schloss sie passten. Das entpuppte sich jedoch als nicht ganz so einfach, wie Peter sich das vorgestellt hatte. Der erste Laden, der mit Schlüsseln zu tun hatte, machte nicht nur Schlüssel nach, sondern verkaufte darüber hinaus alles von der Zahnseide bis zum Firmenstempel. Dementsprechend wenig Ahnung hatte die füllige Dame hinter dem Tresen.

»Ach Gottchen, wofür diese Schlüssel sind, willst du wissen? Keine Ahnung. Für 'ne Haustür vielleicht. Oder 'nen Banksafe. Ich habe wirklich keinen Schimmer, Jungchen, tut mir leid.«

Aus dem zweiten Laden wurde Peter rausgeworfen, kaum dass er seine Frage gestellt hatte.

»Bitte? Was glaubst du, was das hier ist? Ein Auskunftsbüro für dämliche Einbrecher?«, blaffte ihn der kahlköpfige Tattoo-Fan an, dem der Schlüsseldienst gehörte. »Kommt hierher mit Schlüsseln, die ihm nicht gehören, und fragt mich, wo die passen! Geht's noch? Abmarsch, aber fix, bevor ich die Polizei rufe!«

Erst im dritten Geschäft hatte Peter ein kleines Erfolgserlebnis – nachdem er zähneknirschend einen Fünf-Dollar-Schein über den Ladentisch geschoben hatte. Der hagere Mann mit dem Ziegenbärtchen hatte ihm mit einer unmissverständlichen Geste klargemacht, dass er die Information nicht umsonst rausrücken würde.

»Solche Schlüssel verwendet man für Büros und Ähnliches«, teilte ihm der Mann mit, während er einen der beiden Schlüssel begutachtete. »Der andere hier hat meiner Meinung nach nichts mit Gebäuden zu tun.« Er hielt den zweiten Schlüssel gegen das Licht, als wollte er durch ihn hindurchschauen. »Zu popelig, wenn du mich fragst.«

»Popelig? Was meinen Sie mit popelig?«

Der Mann legte die beiden Schlüssel nebeneinander auf den Tresen. »Der hier ist stabil und viel massiver. Ein Schlüssel für ein richtiges Türschloss. Also für eine Zimmertür oder Haustür oder so. Obwohl ... eher Zimmer- als Haustür. Aber der andere hier ist feiner, schmächtiger. Ich hatte mal ein Wohnmobil, und der Schlüssel für die Tür zum Wohnabteil hinten sah ungefähr so aus wie der hier.«

Wohnmobil, dachte Peter ein wenig enttäuscht. »Könnte er auch für ein Bankschließfach sein?«

Der Mann schüttelte den Kopf. »Glaub ich nicht.«

»Safe?«

Der Mann lächelte schief. »Hat deine liebe Tante Gertrud den Löffel abgegeben und du fragst dich jetzt, ob dich einer der Schüssel aus ihrem Schreibtisch zu ihrem Familienschmuck führt, oder was?«

»Ich habe keine Tante Ger... also, nein. Danke für die Auskunft!« Peter steckte die Schlüssel ein und verließ den Laden.

Tante Mathilda tobt

»Mehr kann ich heute nicht für dich tun.« Dr. Preston nahm sich den Mundschutz ab und knipste das Behandlungslicht aus. Ein Tippen auf einen der Bodenschalter ließ den Ersten Detektiv wieder langsam in die Senkrechte fahren. »Ich habe den abgebrochenen Teil mit einem Provisorium versorgt und in ein paar Tagen sehen wir uns wieder. Allerdings ist die Ecke nicht ohne, die du dir da rausgebissen hast. Es kann sein, dass der Nerv Zicken macht.«

Justus richtete sich vollends auf. »Was genau meinen Sie mit Zicken machen?«

»Dass die Schmerzen wiederkommen könnten. Der Zahn sah schon leicht rosa aus, was darauf hindeuten kann, dass der Zahnnerv etwas abbekommen hat. Ich gebe dir ein paar Tabletten mit für den Fall der Fälle. Sag Miranda, sie soll dir den nächsten Termin geben, der frei ist.«

Der Erste Detektiv nickte und kletterte vom Stuhl. Noch ein Termin! Mehr Schmerzen! Vielleicht sogar eine Wurzelbehandlung? Er hasste Zahnarztbesuche!

Nachdem ihm die Sprechstundenhilfe einen Termin in der nächsten Woche gegeben hatte, verließ er die Praxis. Der Aufenthalt bei Dr. Preston hatte länger gedauert als geplant, weil er über eine Stunde hatte warten müssen, bis er drangekommen war. Wenn er jetzt in die Schule ginge, käme er gerade noch rechtzeitig zur letzten Stunde. Sportunterricht bei Mr Anderson. Justus beschloss, dass er sich nicht wohl genug fühlte, und machte sich auf den Weg zum Schrottplatz.

Unterwegs klingelte sein Handy. *Zu Hause*, stand auf dem Display. Vermutlich Tante Mathilda, die wissen wollte, wie es ihm ergangen war.
»Ja? Tante Mathilda?«
»Nein, Justus, ich bin's.« Onkel Titus. Und ziemlich aufgeregt der Stimme nach zu urteilen. »Justus, deine Tante! Sie … sie wurde von der Polizei abgeholt! Steht hier auf dem Zettel, der auf dem Küchentisch lag!«
»Sie wurde von der Polizei abgeholt?«
»Ja, hat sie geschrieben. ›Polizei hat mich wie eine Verbrecherin abgeholt. Bin auf dem Revier. Kommt dahin, wenn ich noch nicht zu Hause bin. Sofort!‹« Onkel Titus schnappte nach Luft. »Ich bin eben erst nach Hause gekommen und da lag der Zettel neben der Obstschale.«
»Also weißt du nicht, was los ist?«
»Nein. Du auch nicht, oder?«
»Nein. Fahr schon mal vor. Wir treffen uns im Police Department. Bis gleich.« Justus musste erst einmal seine Gedanken sortieren. Tante Mathilda eine Verbrecherin? Was für ein Unsinn! Aber irgendetwas musste geschehen sein. Er sah auf die Uhr. Peter und Bob hatten noch Unterricht. Erst in knapp zwei Stunden wollten sie sich in der Zentrale treffen.
Der Erste Detektiv lief zurück zum Schrottplatz und holte sein Fahrrad aus dem Schuppen. Als er wenig später das Polizeirevier von Rocky Beach erreichte, erblickte er Onkel Titus, der eben die Treppe zum Eingang hinaufstieg. Er stellte sein Rad ab, beeilte sich und holte seinen Onkel kurz vor der großen Glastür ein.

»Hey, Onkel Titus! Bist du aufgehalten worden?«
»Oh!« Onkel Titus wandte sich um. »Hallo, Justus. Nein, Stau an einer Baustelle.«
»Weißt du schon irgendetwas Neues?«
»Nein, nichts.« Er betrachtete Justus' Wange, die immer noch geschwollen war. »Was macht der Zahn?«
Der Erste Detektiv lächelte gequält. »Ärger.«
Sie informierten sich an der Anmeldung, wo sie Tante Mathilda fänden, und liefen dann nach oben zu Cottas Arbeitszimmer. Schon von Weitem entdeckten sie die beiden durch die Glasscheibe des Büros. Cotta saß stumm auf seinem Drehstuhl, Tante Mathilda lief vor seinem Schreibtisch auf und ab, fuchtelte aufgebracht mit den Armen herum und redete so laut, dass man ihre Stimme durch die Bürotür hörte.
»... absolute Frechheit!«, war das Erste, was Justus und Onkel Titus verstehen konnten, als sie eintraten.
»Liebling, was ist denn nur passiert?« Onkel Titus lief zu seiner Frau, die sich abrupt umdrehte.
»Gut, dass du da bist! Hier!« Sie zeigte mit dem Finger auf Inspektor Cotta. »Das soll er dir sagen! Ich bringe das nicht mal über meine Lippen, geschweige denn, dass ich es – ach, hör es dir einfach an!« Sie warf Cotta einen bitterbösen Blick zu.
»Guten Tag, Mr Jonas, hallo, Justus. Nehmen Sie doch bitte Platz.« Cotta wies auf zwei Stühle. »Also, ich möchte vorwegschicken, dass niemand daran denkt, Mrs Jonas –«
»Ach nein?«, fiel ihm Tante Mathilda ins Wort. »Und was mache ich dann hier?«

»Schatz.«
»Lass mich! Und hör zu!«
Cotta startete einen neuen Anlauf. »Folgender Sachverhalt hat sich ergeben. Vor etwa eineinhalb Stunden erhielten wir einen Anruf von Mr Bordy …«
»Unserem Fleischer?«, fragte Onkel Titus verwundert.
»Unserem Ex-Fleischer!«, kläffte Tante Mathilda.
»Und Mr Bordy …«, fuhr Cotta fort, »… informierte uns, dass seiner Einschätzung nach eben eine Kundin in seinem Laden mit Falschgeld bezahlt habe. Mit einem falschen Fünfzig-Dollar-Schein.«
Tante Mathilda rammte sich den Finger ins Brustbein. »Ich! Ich war diese Kundin! Ich soll mit Falschgeld bezahlt haben, behauptet dieser … Hornochse von Fleischer!«
Justus und Onkel Titus machten gleichermaßen große Augen. Falschgeld? Tante Mathilda?
»Mrs Jonas …« Cotta zog vorsichtshalber den Hals ein. »Wie auch immer sich das alles erklären lässt, es *war* Falschgeld. Das haben unsere Spezialisten mittlerweile bestätigt.«
»Aber doch nicht von mir!«, explodierte Tante Mathilda.
Cotta wurde noch ein wenig leiser. »Die Angestellte von Mr Bordy behauptet aber das Gegenteil.«
»Ach, diese Wurst…! Was weiß die denn?«
»Sie ist auf dem Weg hierher, um die Aussage in Ihrer Anwesenheit noch einmal zu bestätigen.«
»Die soll mir noch mal unter die Augen treten!« Tante Mathilda baute sich vor Cottas Schreibtisch auf. »Und mir das ins Gesicht sagen! Dann kann die Gute aber was erleben!«
»Liebling, es wird sich bestimmt für alles eine Erklärung fin-

den lassen! Vielleicht hast du das Falschgeld ja unbewusst benutzt?« Onkel Titus legte seiner Frau beschwichtigend die Hand auf den Arm.

»Du verdächtigst mich also auch? Ja, ist denn die ganze Welt gegen mich?« Tante Mathilda drehte allen demonstrativ den Rücken zu und starrte aus dem Fenster.

Inspektor Cotta ließ nichts unversucht, um Licht in die Sache zu bringen, Onkel Titus bemühte sich um seine Frau und Justus überlegte, wie sich das alles zusammenreimte. Doch die Angelegenheit blieb mysteriös. Die Sache zog sich dann auch noch hin, da Tracy Sparks, die Angestellte von Mr Bordy, darauf bestanden hatte, ihre Mittagspause in voller Länge wahrzunehmen, bevor sie ins Department kam. In der Zwischenzeit rief Justus Bob an, gab ihm einen kurzen Überblick über die Sachlage und bat ihn, Peter zu kontaktieren und mit ihm herzukommen. Beide trafen etwa gleichzeitig mit Tracy Sparks in Cottas Büro ein.

Tante Mathilda hatte sich mittlerweile dank zweier Tassen Tee aus der Polizeikantine und des guten Zuredens von Onkel Titus so weit beruhigt, dass Tracy Sparks eintreten konnte, ohne bei lebendigem Leib gefressen zu werden. Sie hörte der Verkäuferin sogar einigermaßen ruhig zu und akzeptierte schließlich zähneknirschend, dass sie tatsächlich mit einem falschen Fünfzig-Dollar-Schein bezahlt haben musste. Doch wirklich niemand nahm ernsthaft an, dass Tante Mathilda das mit Absicht getan hatte. Es blieb also zu klären, wie Tante Mathilda an das Falschgeld gekommen war.

»Ich habe keine Ahnung! Der Schein lag in unserer Kasse. Zusammen mit einigen anderen. Wie und wann der da reingekommen ist, wer ihn mir gegeben hat – ich weiß es nicht.«

Cotta, der den Schein von der Spurensicherung inzwischen wiederbekommen hatte, legte ihn vor Tante Mathilda auf den Tisch. »Sehen Sie ihn sich noch einmal an, vielleicht fällt es Ihnen dann wieder ein.«

»Nein, der sieht aus wie jeder andere.«

»Sieht wirklich echt aus«, meinte Peter.

Cotta nickte. »Bis auf den Sicherheitsstreifen, der unter UV-Licht nicht gelb leuchtet, wie er müsste – äußerst professionell gemacht. Das sind auch keine Kopien, sondern echte Drucke. Nur weil Miss Sparks angehalten ist, jeden größeren Schein zu prüfen, haben wir die Blüte überhaupt entdeckt.« Er lächelte der jungen Frau zu.

»Gern geschehen. Kann ich jetzt wieder gehen?« Tracy Sparks lächelte kühl zurück.

»Natürlich. Vielen Dank. Auf Wiedersehen.«

»Wiedersehen!«

»Auf keinen Fall!«, knurrte Tante Mathilda.

Als Tracy Sparks durch die Bürotür trat, streckte ein junger Polizist den Kopf herein und fragte Cotta: »Ganz kurz: Weißt du, wer die Brandstiftung bearbeitet?«

»Welche Brandstiftung?«

»Der Trailer in der Wohnmobilsiedlung nördlich von Klein Tokio. Der gestern Abend ausgebrannt ist.«

»Ach so. Das macht Donatelli, glaube ich.«

»Danke.« Der Beamte zog sich wieder zurück. Peter blickte ihm nachdenklich hinterher.

Kurz darauf verabschiedeten sich auch die drei Jungen.

Onkel Titus und Tante Mathilda hatten noch einige Formalitäten zu regeln.

Aber kaum dass die drei ??? aus der Tür waren, hielt Peter seine beiden Freunde an. »Kollegen, vielleicht höre ich ja die Flöhe husten, aber mich würde interessieren, was ihr davon haltet.«

»Wovon?«, fragte Justus.

»Gestern Abend wurde ein Trailer eingeäschert, der Typ, der Bob rammte, roch nach Benzin, und einer der beiden Schlüssel, die in der Dose waren, gehört wohl zu einem Wohnmobil.«

Eine kalte Spur

Der Erste Detektiv sah seinen Freund aufmerksam an. »Vielleicht hörst du wirklich nur Flöhe husten. Vielleicht aber auch nicht. In jedem Fall bemerkenswert kombiniert, Zweiter.«

Bob blickte sich konzentriert um. »Ich habe eine Idee. Kommt mit!«

Der dritte Detektiv führte seine Freunde quer durch das Großraumbüro zu einem frei stehenden Schreibtisch, hinter dem der junge Polizist saß, der eben zu Cotta hereingeschaut hatte.

»Ähm, entschuldigen Sie, Detective …«, Bob sah auf das Namensschild, das auf dem Tisch stand, »… Berenger.«

Der Mann blickte auf. »Ja, bitte?«

»Wir haben vorhin gehört, wie Sie Inspektor Cotta etwas wegen des Brandes in dem Trailerpark in Klein Tokio fragten.« Bob machte ein besorgtes Gesicht. »Können Sie uns sagen, was da passiert ist?«

Berenger kratzte sich mit seinem Kuli am Ohr. »Auch nicht mehr als das, was heute in der Zeitung steht. Eines der Wohnmobile brannte völlig aus. Wir vermuten Brandstiftung. Aber verletzt wurde niemand.«

»Und wem gehörte der Trailer?« Bob schluckte. »Ich kenne jemanden, der da wohnt.«

»Das darf ich dir nicht sagen, tut mir leid. Aber wenn du mir den Namen deines Bekannten verrätst, kann ich dir sagen, ob es sein Trailer war. Wie heißt er denn?«

»Ähm, K…Ken. Ken King.«

Berenger schüttelte den Kopf. »Der war es nicht.«

Auf dem Weg zur Treppe grinste Peter Bob an. »K…Ken King! Was Dämlicheres ist dir nicht eingefallen?«

Bob zuckte die Schultern. »Doch. B…Barbie Blubb, aber dann hätte uns Berenger vermutlich rausgeworfen.«

Peter lachte laut auf und auch Justus musste schmunzeln, ließ es aber gleich wieder sein, als ihm ein Stich in den Unterkiefer fuhr. Allmählich ließ die Betäubung nach.

»Lasst uns da mal hinfahren«, meinte der Erste Detektiv und fasste sich an seine Backe. »Vielleicht ergeben sich ja vor Ort neue Anhaltspunkte.«

Seinen Namen hatte Klein Tokio einstmals erhalten, weil hier viele Menschen mit japanischen Wurzeln lebten. Das Viertel lag etwa einen Kilometer westlich des Schrottplatzes, und ein Stück nördlich davon, unterhalb des Coldwell Hill, befand sich der Trailerpark. Etwa dreißig Wohnanhänger standen verstreut innerhalb eines umzäunten Areals und waren zu dauerhaften Behausungen umfunktioniert worden. Ab und zu logierte hier auch mal jemand auf der Durchreise, aber die meisten Menschen lebten das ganze Jahr über in ihren Trailern.

Auf dem Weg dorthin erstatteten Peter und Bob Bericht über ihre Ermittlungen, und Justus informierte seine Freunde über seinen Besuch bei Dr. Preston.

»Oje.« Der dritte Detektiv parkte seinen Wagen am Rande des Stellplatzes. »Da drück ich dir mal die Daumen, dass es nicht so schlimm wird.«

Schon aus einiger Entfernung konnten sie ausmachen, wo

sich der ausgebrannte Trailer befand. Als sie näher kamen, stellten sie fest, dass die Polizei um das Areal ein Absperrband gezogen hatte.
»Alle Achtung!«, sagte Peter. »Da hat jemand aber ganze Arbeit geleistet.«
Tatsächlich war von dem Wohnwagen nicht mehr viel übrig. Verbranntes und geschmolzenes Material lag wüst durcheinander, hier und da konnte man noch die Reste eines Möbelstücks oder Geräts ausmachen, die Reifen waren nur mehr schwarze Klumpen. Einzig der Rahmen war noch halbwegs als solcher zu erkennen. Die drei Jungen blieben vor dem Flatterband stehen und ließen ihre Blicke über die verkohlten Überreste des Trailers schweifen. Plötzlich fiel Bob etwas auf.
»Peter, hast du die Schlüssel bei dir?«
»Ja, warum?« Der Zweite Detektiv zog sie aus seiner Tasche.
»Gib mal her.« Bob ließ sich die Schlüssel geben, bückte sich und schlüpfte unter dem Band hindurch.
»Was hast du vor?«, fragte Justus und sah sich um. Beobachtete sie jemand?
»Hier liegt, was noch von der Tür übrig ist.« Bob ging in die Hocke. »Und das Schloss sieht noch einigermaßen gut aus.« Er steckte erst den einen Schlüssel in den metallenen Zylinder, dann den anderen. »Bingo!« Bob sah seine Freunde an. »Er passt!«
»Tatsächlich? Fantastisch! Das ist eine erste heiße Spur!«, freute sich Justus. »Wir sind auf der richtigen Fährte.«
»Die Spur ist zwar nicht mehr heiß, sondern eher kalt, aber ansonsten hast du recht«, stimmte Bob zu.

»Seid ihr Freunde von Mr Rope?«, ertönte in diesem Moment eine Frauenstimme.
Die drei ??? blickten nach rechts. Aus dem benachbarten Wohnwagen war eine Frau in Trainingsanzug und Badelatschen getreten. Sie war um die sechzig, hatte ein freundliches Apfelgesicht und ziemlich krumme Beine, wie Peter bemerkte.
»Nicht ganz.« Justus ging auf die Frau zu und Bob verließ die Brandstelle wieder. »Wir ermitteln in, ähm, seinem Auftrag, was hier passiert ist.« Er überreichte der Frau eine ihrer Visitenkarten.

Die Frau besah sich die Karte und musterte dann die drei Jungen. »Detektive? Ihr seid Detektive? Seid ihr da nicht ein bisschen jung für? Und die Polizei war doch auch schon hier?«
»Wir ermitteln unabhängig von der Polizei«, erwiderte Justus. »Kennen Sie Mr … Rope näher, Mrs …?«
»Bailey. Emma Bailey. Na ja, was heißt näher?« Die Frau wurde ein kleines bisschen rot. »Wir haben hin und wieder

ein Schwätzchen gehalten, wie das unter Nachbarn eben so üblich ist. Und Nader ist ja so ein höflicher junger Mann.«
»Wohnte er alleine hier?«, wollte Bob wissen.
»Ja, ja, da gibt es niemanden. Ich glaube, Nader lebt nur für seine Arbeit. Dabei könnte er, so wie er aussieht, wirklich jede … also, ich meine, nein, also, er hatte nie Damenbesuch, wenn ihr das meint.« Mrs Bailey sah zu Boden.
»Wo arbeitet er denn?«, schaltete sich Peter ein.
»Er hat irgendwas mit Erdbeben zu tun.« Mrs Bailey überlegte. »Und er hat mir auch mal gesagt, wo er arbeitet. Am … ozenograftischen Institut oder so.«
»Ozeanografisches Institut«, verbesserte Justus.
»Ja, genau, das war's!« In Mrs Baileys Augen trat ein verträumtes Glänzen. »Nader ist nämlich auch sehr klug, müsst ihr wissen. Hat studiert.«
»Wann genau hat Mr Ropes Wohnwagen denn gebrannt?«, erkundigte sich Bob.
»Muss gestern so um kurz nach sieben gewesen sein. Stand urplötzlich lichterloh in Flammen. Wir haben sofort die Feuerwehr gerufen, aber mit Löschen war da nicht mehr viel, als die hier waren.«
Die drei ??? sahen sich bedeutungsvoll an. Die Zeit passte. Die Dose war gegen halb acht über den Zaun geflogen.
»Und Mr Rope?«, fragte Peter. »Der war nicht da zu diesem Zeitpunkt? Oder danach?«
»Ich weiß nicht. Ich habe Nader das letzte Mal gestern Morgen gesehen, als er zur Arbeit fuhr.« Mrs Bailey faltete die Hände vor der Brust. »Hoffentlich geht es ihm gut! Hoffentlich!«

»Emma!«, drang plötzlich eine grobe Männerstimme aus dem Trailer. »Mit wem schwätzt du denn da schon wieder? Mach mir mal ’nen Kaffee!«

Emma Bailey verdrehte die Augen. »Ja doch, Hank! Beruhig dich!«, blaffte sie zurück. Sie lächelte den drei Jungen zu. »Ich hoffe, ihr findet den Mistkerl, der Nader das angetan hat! Und wenn ihr Nader seht, dann sagt ihm, dass wir seinen Platz hier frei halten, ja?«

»Emma!«

»Komm ja schon! Mann!«

Die drei Jungen sahen der Frau voller Mitgefühl hinterher, bis sie wieder in ihrem Trailer verschwunden war.

»Ich weiß nicht, wen ich mehr bedaure«, meinte Peter. »Emma, weil sie in Nader verliebt ist, aber Hank an der Backe hat, oder dich, Just, mit deiner Backe.«

Der Erste Detektiv lachte nicht, sondern war im Gegenteil sehr ernst. »Ist beides nicht lustig. Genauso wenig wie die Tatsache, dass Mr Rope wirklich in Schwierigkeiten zu stecken scheint. Verletzt wurde bei dem Brand zwar niemand, aber wenn es Mr Rope gut ginge, wäre er bestimmt inzwischen mal hier aufgetaucht.«

»Richtig«, sagte Bob. »Und er hätte sich sicher auch bei uns gemeldet. Keiner wirft eine derart merkwürdige Dose über den Zaun und lässt die Sache dann im Sande verlaufen.«

»Ihr denkt, dass er … dass er vielleicht …?« Peter ließ den Rest unausgesprochen.

»Das wird sich zeigen«, meinte Justus. »Jetzt gilt es jedenfalls, den Faden aufzunehmen! Lasst uns die Dose holen und dann auf zum Ozeanografischen Institut!«

Das Meeresforschungsinstitut befand sich am Rande von Marina del Rey, einem Stadtteil von Los Angeles. Die drei ??? hatten etwas Sorge, ob sie es im dichten Verkehr noch dorthin schafften, bevor Feierabend war. Aber sie kamen gut durch und der Pförtner am Eingang wies ihnen den Weg zu Nader Ropes Büro im zweiten Stock des weißen Betonklotzes.

»Sieht hier aus wie im Einwohnermeldeamt«, sagte Peter, als sie zum Treppenhaus liefen. »Hätte eher gedacht, dass die hier vielleicht die Kiefer von Monsterhaien in der Lobby hängen haben. Oder Walskelette von der Decke baumeln.«

»Das ist kein Museum«, entgegnete Justus.

»Zumindest riecht es nach Meer und Forschung.« Bob hob die Nase und schnupperte. »Oder vielmehr nach nasser Badehose und Chemiesaal.«

Zimmer Nummer 216, Nader Ropes Büro, befand sich ganz am Ende des Flurs. Als die drei Jungen in den Gang traten, stellten sie fest, dass genau vor diesem Büro ein Mann stand. Wuschelige braune Haare, wettergegerbtes Gesicht, grüne Armeejacke und klobige Stiefel. Er bemerkte die Jungen ebenfalls und wandte sich ihnen zu.

»Ähm, Mr Rope?« Justus sah den Mann fragend an.

»Nein, John … Miller. Und ihr seid …?« Er hielt ihnen die Hand hin und die drei ??? stellten sich vor.

»Wollen Sie auch zu Mr Rope? Ist er da?«, fragte Bob und deutete auf die Bürotür.

»Nein, Nader ist nicht da. Leider.«

»Sind Sie ein Kollege von ihm?«, erkundigte sich Peter.

»Ja, ja, ein Kollege. Und … und ihr? Was macht ihr hier?«

»Ähm, Mr Rope wollte uns bei einem Referat helfen«, antwortete Justus. Er hielt es für besser, dem Mann nicht gleich die ganze Wahrheit auf die Nase zu binden.
»Aha. Okay. Interessant«, sagte Miller. Aber es klang eher nach ›Interessiert mich nicht die Bohne‹.
»Haben Sie Mr Rope heute schon gesehen?« Bob sah Miller eindringlich an. Diese Frage war im Augenblick die entscheidende.
»Was? Nein.« Miller nahm die Jungen kaum noch wahr, wandte sich zum Gehen.
Justus holte die Dose aus der Tasche. Er hätte nicht sagen können, warum er das jetzt tat. Es war eine Art detektivischer Instinkt, der ihn dazu veranlasste, die Dose zu öffnen und ihr den Anhänger zu entnehmen. »Vielleicht können Sie uns ja helfen. In unserem Referat geht es um diesen Anhänger. Unser Lehrer hat uns damit losgeschickt, wir sollen herausfinden, was es damit auf sich hat. Können Sie uns etwas dazu sagen?« Der Erste Detektiv hielt dem Mann das Sonnenamulett vor die Nase.
John Miller sah zunächst kaum hin und auch gleich wieder weg. Aber dann flogen seine Augen förmlich zurück zu dem Anhänger. »Von eurem Lehrer, sagst du … aha. Zeig mal.« Miller ließ den Anhänger durch seine Finger gleiten. »Nein. Nein, tut mir leid. So etwas habe ich noch nie gesehen.«

Der Tote am Fenster

John Miller lächelte noch einmal dünn und ließ die Jungen mit einem knappen Gruß stehen. Justus schaute ihm gedankenvoll hinterher, während die Blicke seiner beiden Freunde zwischen ihm und Miller hin- und herpendelten.

»Ist mir hier etwas entgangen?«, fragte Bob irritiert.

»Das weiß ich selbst noch nicht«, erwiderte Justus. »Aber bemerkenswert war das allemal. Habt ihr sein Gesicht gesehen, als ich ihm den Anhänger gezeigt habe? Ich könnte schwören, dass er uns nicht die Wahrheit gesagt hat.«

»Inwiefern?«, fragte Peter.

»Ihm sagt der Anhänger durchaus etwas. Er hat ihn richtiggehend angestarrt. Und ehrlich gesagt fand ich auch den Namen merkwürdig.«

»John Miller?«

Justus nickte. »Klingt wie Ken King. Oder Barbie Blubb. Findet ihr nicht?«

»Hm.« Peter rümpfte die Nase. »Manche Leute heißen tatsächlich so.« Er wusste nicht, was er von Justus' Vermutungen halten sollte, und auch Bob war sich nicht sicher, ob sich sein Freund nicht etwas einredete.

»Seine ganze Art …« Justus kniff die Lippen zusammen. »Ich glaube dem Kerl kein Wort.«

Am vorderen Ende des Flurs ging eine Tür auf und ein anderer Mann betrat den Flur. Vollbart, kariertes Sakko, um die sechzig. Er linste über die Ränder seiner Brille hinweg und kam geradewegs auf sie zu.

»Der Pförtner hat mir gesagt, dass jemand zu Nader wollte«, sagte er unvermittelt, als er die drei Detektive erreicht hatte. »Wisst ihr, wo er ist? Habt ihr ihn gesehen?« Sein Blick flog rastlos von einem zum anderen.
»Nein, tut mir leid«, antwortete Justus. »Er scheint nicht da zu sein.«
»Verflixt!« Der Mann ballte die rechte Faust.
»Sind Sie … auch ein Kollege von ihm?«
Der Mann blinzelte. »Entschuldigt! Wie unhöflich! Henry Appleton.« Er gab den dreien die Hand. »Ich bin sein Boss. Und mache mir ehrlich gesagt ziemliche Sorgen. Er ist, ohne sich zu melden, heute nicht zur Arbeit erschienen. Und das sieht ihm gar nicht ähnlich. Er ist die Zuverlässigkeit in Person. Hoffentlich ist da nichts passiert!«
Die drei ??? verständigten sich mit stummen Blicken. Henry Appleton machte einen ganz und gar aufrichtigen Eindruck. In kurzen Sätzen berichteten sie ihm, was sie wussten.
»Oh Gott!« Appleton fasste sich an die Stirn. »Sein Trailer ist ausgebrannt, sagt ihr? Furchtbar! Aber ihm ist nichts geschehen, da seid ihr sicher?«
»Er war zumindest nicht in dem Trailer«, sagte Bob.
»Und ihr vermutet, dass er euch diese Dose … Kommt rein! Ich muss mich setzen!« Appleton fischte einen Schlüsselbund aus seiner Hosentasche und ging auf die Bürotür zu.
»Warten Sie!«, hielt ihn Peter auf. »Darf ich mal etwas versuchen?« Der Zweite Detektiv holte die beiden Schlüssel hervor und steckte den stabileren ins Türschloss. Ohne Schwierigkeiten glitt der in den Zylinder, und mit einem sanften Drehen entsperrte Peter den Riegel.

»Hinweis Nummer zwei«, sagte Justus leise.
Appleton nickte schwer. »Ihr scheint tatsächlich recht zu haben. Lasst uns reingehen.«
Nader Ropes Büro war schlicht und zweckmäßig eingerichtet. Ein zum Fenster gewandter Schreibtisch mit Computer, Drucker, Telefon und einigen griffbereiten Büchern neben dem Monitor, Regale mit Ordnern, ein Schrank, drei, vier Bilder mit Meeresmotiven an den Wänden, ein verdorrter Geldbaum auf dem Fensterbrett. Die drei ??? ließen sich auf einer altersschwachen Couch nieder, die an der Wand stand und auf der eine Decke und ein Kissen lagen. Appleton setzte sich auf Naders Drehstuhl.
»Nader hat hier sogar hin und wieder übernachtet.« Appleton zeigte auf Decke und Kissen und lächelte betrübt. »Seine Arbeit geht ihm wirklich über alles. Vielleicht sollten wir die Polizei verständigen, was meint ihr?«
Justus machte ein skeptisches Gesicht. »Ich fürchte, die wird noch nichts unternehmen.«
»Klar, so lange ist er ja noch nicht verschwunden.« Appleton seufzte.
»Woran genau arbeitet Mr Rope denn?«, fragte Bob.
»Vereinfacht gesagt, erforscht er Tsunamis«, erwiderte Appleton. »Das sind, wie ihr vielleicht wisst –«
»Meereswellen«, ergriff Justus das Wort, »die vornehmlich aus Seebeben resultieren, zu einem geringen Teil aber auch mit unterseeischen Vulkanausbrüchen, Erdrutschen oder Meteoriteneinschlägen im Ozean einhergehen können. Ich glaube, das Wort stammt aus dem Japanischen und bedeutet so viel wie *Welle im Hafen*.«

»Alle Achtung!«, staunte Appleton. »Da weiß aber jemand Bescheid!«
Peter lächelte müde. Dass sein Freund ein wandelndes Lexikon war, war für ihn nichts Neues.
Henry Appleton fing nun an zu reden wie ein Wasserfall. Den drei Jungen kam es so vor, als müsse er sich seine Unruhe und Sorge gewissermaßen von der Seele reden. Er erzählte den drei Detektiven etliche Details über Ropes Arbeit, lobte sein Engagement in den höchsten Tönen und sprach gleichzeitig sein Bedauern darüber aus, dass Rope selbst in seiner Freizeit Tsunamis hinterherjage und wohl deswegen bis jetzt Single geblieben sei. »In den letzten Wochen war er zum Beispiel ganz versessen auf einen Tsunami, der an der Küste Kaliforniens vor über dreihundert Jahren an Land gegangen ist. Jede freie Minute befasste er sich damit.« Appleton nahm die Brille ab und fuhr sich über die Augen. »Ein Forscher mit Leib und Seele.«
Justus ließ derweil seinen Blick aufmerksam durch das Zimmer wandern, besah sich die Bilder an der Wand, entzifferte die Beschriftung der Ordner, studierte die Rücken der Bücher auf dem Schreibtisch. Ein Buch mit dem Titel *Traumhafte Rosen* war darunter. War Rope auch ein Rosenfreund?
»Was hast du denn da?«
Justus fuhr leicht zusammen. »Bitte?«
»Das Ding in deiner Hand.« Appleton zeigte auf den Anhänger, mit dem Justus gedankenverloren gespielt hatte.
»Ach, das ist der Anhänger aus Mr Ropes Dose. Wir haben ihn vorhin seinem Kollegen gezeigt, aber der wusste auch nichts damit anzufangen.«

Appleton stutzte. »Richtig, den Kollegen erwähntest du schon. Was mich wundert. Owen ist im Außeneinsatz und Alex hat heute frei. Und das sind eigentlich Naders einzige Kollegen im engeren Sinne.«
Bob richtete sich auf. »Er sagte, er heiße John Miller. Etwa eins neunzig groß, braune Haare, Naturbursche, Armeejacke?«
Appleton schüttelte den Kopf. »Hier gibt es keinen John Miller. Und auch niemanden, auf den diese Beschreibung zuträfe. Und dieser Mann war hier im Haus?«
»Ja«, sagte Peter. »Stand da draußen vor der Tür und wollte ebenfalls zu Mr Rope.«
»Seltsam. Hm.« Appleton rieb sich sein Kinn. »Aber zurück zu dem Anhänger. Kann ich ihn mal sehen?«
Justus reichte ihm das Schmuckstück.
»Ich habe so etwas Ähnliches schon einmal gesehen. Auf einer meiner Forschungsreisen. Ich glaube, es war in Peru. Könnte echt indianisch sein.« Er drehte das Amulett und betrachtete es eingehend. »Ja, ja, diese Sonne. Ganz ähnlich. Und den habt ihr von Nader, sagst du?«
Justus nickte.
»Interessant«, meinte Appleton gedankenvoll und gab Justus den Anhänger zurück. »Wirklich interessant …«
»Können Sie uns noch mehr dazu sagen?«, hakte Bob nach.
»Nein, tut mir leid. So genau kenne ich mich mit solchen Kunsterzeugnissen nicht aus.«
Die drei Jungen brachen auf. Sie versicherten Henry Appleton, dass sie ihn auf dem Laufenden halten würden, und er bot ihnen seine Hilfe an, wann immer sie diese benötigten.

Peter und Bob erhoben sich. Doch Justus zögerte.
»Just, kommst du?«, fragte Bob.
»Gleich.« Der Erste Detektiv ließ seinen Blick noch einmal durch das Büro schweifen. Schreibtisch, Computer, Regale, Pflanzenleiche, Ordner – Pflanzenleiche! Natürlich!
»Mr Appleton. Dieser vertrocknete Geldbaum am Fenster. Wer versorgt den normalerweise?«
Appleton lachte. »Der Tote am Fenster.«
»Bitte?«
»So nennen wir das arme Ding seit geraumer Zeit. Nader versorgt den Geldbaum. Oder eben nicht. Pflanzen haben es bei ihm nicht leicht. Er hat schon einige verkümmern lassen. Obwohl er beruflich mit Wasser zu tun hat, ist es ihm bis jetzt irgendwie entgangen, dass Pflanzen genau darauf angewiesen sind.«
Justus nickte bedeutungsvoll, dann verließen alle das Büro.

Traumhafte Rosen

Henry Appleton begleitete die drei Detektive noch zum Parkplatz und kehrte dann in das Ozeanografische Institut zurück. Bob steckte den Schlüssel ins Schloss, um den Wagen zu starten. Doch Justus fasste ihm in den Arm.
»Warte, Dritter. Wir müssen da noch einmal rein.«
Bob hielt inne. »Ins Institut?«
»Wegen des Toten am Fenster?«, fragte Peter. »Geht's darum?« Genau wie Bob hatte er sich natürlich gewundert, dass Justus sich auf einmal nach der Pflanze erkundigt hatte. Dafür gab es sicher einen Grund.
»Richtig. Denn mir ist da ein äußert interessanter Umstand aufgefallen. Geldbäume gehören zu den Dickblattpflanzen, die naturgemäß nicht sehr viel Wasser benötigen. Um so ein Gewächs vertrocknen zu lassen, muss man wirklich sehr unaufmerksam oder vergesslich sein.«
»Na ja, nicht jeder hat einen grünen Daumen«, sagte Bob. »Wenn Mum mal ein paar Tage nicht da ist, geht bei uns meistens auch die eine oder andere ihrer Orchideen hops. Dad ersäuft sie entweder oder übersieht sie einfach.«
»Mag schon sein«, entgegnete Justus, »aber nicht jeder, der keinen grünen Daumen hat, hat auf seinem Schreibtisch ein Buch stehen mit dem Titel *Traumhafte Rosen*.«
»Hä?«, machte Peter, verstand aber dann, was Justus sagen wollte. »Ach so! Du meinst, wenn sich jemand eigentlich so wenig für Pflanzen interessiert, hat er auch nicht so ein Buch herumstehen. Oder andersherum – wenn er solche Bücher

liest, mag er Pflanzen und lässt den Geldbaum nicht verkümmern, nur weil er keine Rose ist.«
Jetzt musste Justus einen Moment nachdenken. »Ja, so ungefähr.«
»Ah, verstehe.« Bob sah hinauf zum Fenster von Ropes Büro. »Du denkst, angesichts dieses scheinbaren Widerspruches sollte man sich die Frage stellen, warum sich Rope so ein Buch zulegt, wenn ihm Pflanzen im Grunde egal sind.«
»So ist es. Zumal er das Buch griffbereit platziert hat, weil er es offenbar häufig benötigt. Dafür muss es eine plausible Erklärung geben. Das Buch scheint für Nader Rope von großer Bedeutung zu sein, und zwar aus anderen als botanischen Gründen.«
»Sehen wir es uns an!« Bob öffnete die Wagentür.
Dem Pförtner teilten sie mit, dass sie noch einmal mit Henry Appleton sprechen müssten. Der Mann wollte Appleton verständigen, aber die drei meinten, das sei nicht nötig, sie wüssten, wo sie ihn finden.
Der Flur im zweiten Stock war diesmal verwaist. Peter holte abermals den Schlüssel hervor und sperrte auf.
»Dann wollen wir mal sehen.« Justus lief geradewegs zum Schreibtisch und zog das Buch zwischen den anderen hervor. »Ziemlich abgegriffen.«
»Rope hat es häufig zur Hand genommen«, schlussfolgerte Bob.
»Kollegen!« Peter stieß Bob an, der neben ihm stand, und zeigte durch das Fenster hinunter zum Parkplatz. »Da! Da unten ist Miller! Seht ihr ihn?«
Der Mann, der sich ihnen gegenüber als John Miller und

Kollege von Nader Rope ausgegeben hatte, stand am Rande des Parkplatzes zwischen zwei Autos und telefonierte mit seinem Handy.
»Ihr beiden lauft runter!«, beschied Justus. »Verwickelt ihn in ein Gespräch, versucht, mehr über ihn herauszubekommen. Falls nötig, verfolgt ihn. Ich kümmere mich um das Buch.«
»Geht klar!«
Peter und Bob hasteten aus dem Büro.
Der Erste Detektiv blickte noch einmal aus dem Fenster. Miller telefonierte nach wie vor. Was führte der Mann im Schilde? Welche Rolle spielte er? Irgendetwas stimmte mit dem doch nicht. Justus wandte sich ab und beugte sich über das Buch.
Bereits nach wenigen Seiten fiel ihm etwas auf. Es gab Seiten, die mal im Kopf-, mal im Fußzeilenbereich mit einem winzigen Punkt markiert waren, und es gab Seiten, auf denen dieser Punkt fehlte. Aber das war auch alles. Im Text selbst fanden sich weder Markierungen noch sonstige Notizen und Justus entdeckte auch keinerlei eingelegte Zettel oder Gegenstände.
Er brauchte einen Stift und Papier. Der Erste Detektiv beugte sich nach unten und öffnete eine der Schubladen des Schreibtisches. Als er den Kopf senkte, schoss ihm ein heftiger Schmerz in den Unterkiefer. Justus stöhnte leise, sog zischend die Luft ein und richtete sich wieder auf. Der Zahn meldete sich zurück. Die konzentrierte Aufmerksamkeit der letzten Stunden hatte die Schmerzen völlig in den Hintergrund gedrängt. Aber jetzt waren sie wieder da. Stärker als

vorhin. Justus sah auf seine Uhr. Noch durfte er die Tablette, die ihm Dr. Preston mitgegeben hatte, nicht nehmen. Erst in zwei Stunden. Er atmete ein paarmal tief durch, ließ den Zahn ein wenig zur Ruhe kommen und machte sich wieder an die Arbeit.

Justus notierte sich die jeweils ersten Wörter der gekennzeichneten Seiten. *Gießen, und, stellen, Schatten, sie, häufig, draußen* ... Dann las der Erste Detektiv die Wörter immer und immer wieder und wandte einige Techniken an, die ihm schon oft geholfen hatten, in Wörtern versteckte Muster und Hinweise zu finden. Doch nichts davon ergab etwas, das auch nur halbwegs nach einer sinnvollen Lösung aussah.

Er versuchte es nur mit ersten und letzten Buchstaben. »Gussshd«, las Justus. »Nuo sühn hipfl. Blödsinn!«

Auch die jeweils letzten Wörter der markierten Seiten brachten ihn nicht weiter. Der Erste Detektiv dachte nach. Worauf konnte er noch achten? Nicht auf jeder der gekennzeichneten Seiten waren Fotos. Also war es vermutlich schon der Text, den er sich ansehen sollte. Aber was davon? Und wozu? Was bedeutete dieses Buch für Rope? Wofür hatte er es gebraucht?

Justus notierte jetzt die Buchstaben, die auf den bepunkteten Seiten der jeweiligen Seitenzahl entsprachen.

»Jkrtigketuje. Nein, wohl auch nicht.« Aber er gab nicht auf und suchte als Nächstes die Buchstaben zusammen, die in der ersten oder letzten Zeile genau unter oder über den Punkten zu finden waren.

»Westhut. Tr0pfland.« Der Erste Detektiv stutzte. Westhut? Tr0pfland? Er vermerkte sich die nächsten Buchstaben. »Kleinpüt2. Harekr15hna.«

Justus überlief vor Aufregung ein kalter Schauer. Konnte es das sein? War es das? Hatte er es gefunden? Das Buch diente möglicherweise als eine Art Merkhilfe für Wörter, die für Nader Rope wichtig zu sein schienen. Vielleicht Passwörter. Die brauchte man häufig. Deswegen stand das Buch griffbereit neben dem Computer und deswegen hatte es Rope oft zur Hand genommen. Gut, auch *Jkrtigketuje* konnte so ein Wort sein. Aber *Westhut*, *Tr0pfland* und *Harekr15hna* konnte man sich viel besser merken.
In Justus' Rücken öffnete sich die Tür. Peter und Bob kamen zurück.
»Hey, Kollegen! Ich glaube, ich habe da was entdeckt! Das Buch hat Nader Rope –«
Ein Hand legte sich um Justus' Mund! Eine starke, große Männerhand, die seine Wangen zusammenquetschte und ihm die Luft zum Atmen nahm. Justus erstarrte. Gleichzeitig explodierte der Schmerz in seinem Zahn.
»Hör zu!« Ein heiseres Flüstern! Gefährlich und drohend. »Ihr werdet ab jetzt die Füße still halten. Klar?«
Justus konnte nichts sagen, stieß nur einen unverständlichen Laut aus. Der Zahn fing an zu pochen.
»Nicke!«, zischte ihm die Stimme ins Ohr.
Der Erste Detektiv nickte.
»Sehr schön. Und was hast du da? Ein Buch? Einen Zettel? Du hast irgendwas von *entdeckt* gefaselt. Was hast du entdeckt?«
Justus sah die zweite Hand, die sich an ihm vorbei nach vorne zum Tisch schob und dort das Rosenbuch und seinen Notizzettel einsammelte. »Was ist das?«

»Hmnhmmhm«, machte Justus. Eine Schuhspitze sah er auch. Klobige, braune Arbeitsschuhe.
»Okay. Ich nehme die Hand jetzt weg, damit du sprechen kannst. Aber ein zu lauter Mucks und du wirst spüren, was es heißt, Schmerzen zu haben. Und schau weiter aus dem Fenster! Klar?«
Justus nickte. Kurz darauf lockerte sich der Griff.
»Also? Was ist das für ein Buch?«, raunte die Stimme.
»Ein Buch über Rosen.« Justus flüsterte ebenfalls. Aber vor allem deswegen, weil ihm fast schlecht vor Schmerzen war.
»Das sehe ich auch! Wieso liest du es? Was hast du entdeckt?«
»Ich ... ich warte nur auf meine Freunde. Die müssen jeden Moment hier sein.«
»Die sind gerade mit dem Auto weg, also verscheißer mich nicht. Was hast du da aufgeschrieben?«
»Ich kritzel nur herum.«
Der Mann schwieg einen Augenblick. »Was hat Rope zu euch gesagt? Oder euch gegeben?«
Wer ist Rope?, wollte Justus schon antworten, als ihm einfiel, dass das nicht sehr klug gewesen wäre. Schließlich saß er in seinem Büro.
»Gegeben?«
»Tu nicht so!« Der Mann stieß Justus von hinten grob gegen den Kopf. »Er lief gestern an eurer Müllhalde vorbei und seitdem taucht ihr überall da auf, wo sich Nader ansonsten rumtreibt. Also, was wisst ihr?«
»Er ... er hilft uns bei einem Referat. Über Rosen. Aber dann brannte sein Wohnwagen und seitdem ist er verschwunden. Wir dachten, dass wir ihn vielleicht hier treffen.«

Wieder zögerte der Mann. »Pass auf! Wir haben euch im Auge. Jede Minute! Spielt wieder mit eurem Schrott oder tut sonst was, aber haltet euch aus der Sache raus. Ansonsten gibt es noch viel, viel mehr davon.«

»Wo...wovon?«

»Davon«, krächzte die Stimme boshaft. Dann traf Justus etwas Hartes am Hinterkopf und es wurde Nacht um ihn.

Ein hoch entwickeltes Insekt

Als Peter und Bob wieder das Büro betraten, saß Justus am Schreibtisch und rieb sich den Hinterkopf. Der Erste Detektiv war auffallend blass und seine Miene verkniffen.
»Erster, alles okay?« Peter runzelte die Stirn.
»Nein, eher nicht«, ächzte Justus.
»Was ist denn? Zahnweh?« Bob zog sich seine Jacke aus und warf sie auf die Couch.
»Das auch. Kann mir bitte jemand ein Glas Wasser besorgen? Ich werde diese Tablette jetzt einwerfen, auch wenn ich damit noch warten müsste.«
»Natürlich. Klar.« Peter verließ das Büro.
Eine Minute später war er zurück und hielt seinem Freund einen Pappbecher mit Wasser hin. »Hier, bitte.«
»Danke.« Justus legte sich die Tablette in den Mund und spülte sie mit ein paar Schlucken hinunter. Dann berichtete er seinen Freunden, was sich während ihrer Abwesenheit in Ropes Büro zugetragen hatte.
»Mannomann, das ist ja 'n Ding!« Bob blies die Backen auf.
»Dich kann man aber auch keine Minute alleine lassen.« Peter schaute seinen Freund mitfühlend an. »Und außer dieser Hand und der Flüsterstimme hast du nichts von dem Kerl mitbekommen?«
»Ein Mann zwischen dreißig und fünfzig würde ich sagen«, erwiderte Justus. »Westküstenakzent. Mehr weiß ich nicht.«
»Aber ich.« Bob bückte sich.
Peter und Justus wandten sich ihm neugierig zu.

»Hier!« Der dritte Detektiv zeigte seinen Freunden, was er eben vom Boden aufgehoben hatte.
»Ich werd verrückt!«, entfuhr es Peter. »Eine dieser Kletten!«
Bob nickte. »Wenn hier nicht ein ganz dummer Zufall vorliegt, würde ich sagen, dass Justus derselbe Typ ausgeknockt hat, der mich über den Haufen gerannt hat.«
»Das ist sicher kein Zufall.« Justus nahm die Samenkapsel und legte sie neben die Tastatur. »Setzt euch, Kollegen, wir müssen Kriegsrat halten.«
Peter und Bob nahmen auf der Couch Platz und Justus drehte sich auf dem Bürostuhl zu ihnen um.
»Wie lief es bei euch?«
»Ein schwarzer Chrysler mit kaputtem Rücklicht«, sagte Peter. »Das ist alles. Als wir unten auf dem Parkplatz ankamen, stieg Miller gerade ein. Bob ist ihm hinterhergefahren, aber er hatte schon zu viel Vorsprung und hat uns an der nächsten Ampel abgehängt.«
»Hat er euch bemerkt?«
»Ich glaube nicht«, erwiderte Bob.
Justus fasste sich an die Wange. Noch wirkte die Tablette nicht. »Also, was haben wir? Dass die Dose tatsächlich von Nader Rope stammt, daran besteht mittlerweile kein Zweifel mehr. Und es verdichtet sich die Vermutung, dass Rope uns mit der Dose Informationen zukommen ließ, die uns bis zu seinem Wohnwagen und in sein Büro führen sollten. Über seine Beweggründe dafür können wir bisher nur spekulieren.«
»Ich tippe auf Mafia«, sagte Peter.
»Regierungsgeheimnisse«, meinte Bob.

»Wie gesagt, Spekulationen«, beendete Justus das Rätselraten. »Genauso wie alle Gedanken darüber, wo sich Rope im Augenblick aufhält oder was mit ihm geschehen ist. Als besorgniserregend darf aber gelten, dass er sich bis jetzt nicht gemeldet hat und dass er offenbar Feinde hat, die uns daran hindern wollen, weitere Nachforschungen anzustellen.«

»Frage.« Peter hob die Hand. »Warum hat er uns eigentlich keinen Ausweis in die Dose getan? Oder eine Versicherungskarte, was weiß ich. So etwas hat man doch immer dabei.«

Justus schüttelte den Kopf. »Selbst wenn er seine Papiere dabeihatte …« Er hob die Dose hoch. »Da hätten sie nicht reingepasst. Gefaltet vielleicht, aber falte mal eine Führerscheinkarte und versuche dann, sie in der Dose unterzubringen, sodass die auch zubleibt.«

»Schwierig«, sah Peter ein. »Und Stift hatte er auch keinen dabei, sonst hätte er ja was auf den Fetzen Papier schreiben können, der in der Dose liegt.«

»Moment! Auf dem Parkticket steht doch was«, fiel Bob ein. »Ein Name.«

»Das ging mir auch schon durch den Kopf«, sagte Justus. »Aber Peter hat recht. Wenn Rope einen Stift zur Hand gehabt hätte, hätte er sicher ein paar mehr Wörter auf dem Zettel untergebracht. Was wiederum die Schlussfolgerung zulässt, dass der Name *A. Berret* schon länger auf dem Ticket steht.«

Peter machte ein fragendes Gesicht. »Lass mich raten: Wir müssen zum Little Dume Beach?«

Justus nickte. »Unbedingt. Aber eins nach dem anderen. Zwei Männer haben bisher unsere Aufmerksamkeit erregt:

Miller, der uns ganz offensichtlich angelogen hat, ohne dass wir wissen, warum. Es entspricht nicht der Wahrheit, dass er ein Kollege von Nader Rope ist, und der Anhänger ist ihm auch nicht so fremd, wie er uns das gerne weisgemacht hätte.«

»Und der Zweite ist der Kerl mit den Kletten an der Hose.« Bob nahm noch einmal die Samenkapsel zur Hand. Ja, es war die gleiche, wie er sie gestern Abend in die Finger bekommen hatte. »Die hohe Wahrscheinlichkeit, dass er den Trailer abgefackelt hat – ich sage nur: Benzingestank! –, und sein Auftritt eben machen ihn momentan zu unserem Gegner Nummer eins, würde ich sagen.«

»Hm.« Peter schob das Kinn nach vorne und dachte nach. »Ich überlege gerade, ob die beiden Männer ein und derselbe sein könnten. Ob es vielleicht Miller war, der um den Block gefahren ist, hier raufkam und Just eins übergezogen hat.«

»Nein«, widersprach Bob. »Ich habe das gerade schon mal zeitlich überschlagen. Keine Chance. Miller kann das nicht gewesen sein.«

Justus vergegenwärtigte sich noch einmal, was der Unbekannte zu ihm gesagt hatte. »Dieser andere Mann weiß jedenfalls, dass Rope uns gestern am Schrottplatz kontaktiert hat, er weiß, dass wir mit dem Schrottplatz zu tun haben, und er weiß, dass wir zu dritt sind.«

»Und er hat jetzt das Buch und deine Notizen.« Peter verzog missmutig das Gesicht.

»Hm.« Der Erste Detektiv hatte nur mit halbem Ohr zugehört. »Außerdem wusste er noch, dass er uns hier antrifft. Beziehungsweise mich.« Justus knetete seine Unterlippe, ein

sicheres Zeichen dafür, dass er scharf nachdachte. »Woher wusste er das?«
»Ganz einfach, er ist uns gefolgt«, stellte Bob fest.
»Seit gestern Abend? Euch in die Schule, in die Bibliothek, zu den Schlüsseldiensten? Mir zum Zahnarzt und aufs Revier?«
Der Blick des Zweiten Detektivs verfinsterte sich. »Du meinst, das sind mehrere Typen? Drei, die jeweils einen von uns beschattet haben?«
Justus antwortete nicht. »… im Auge haben. Jede Minute …«, flüsterte er vor sich hin. »… im Auge. Jede Minute … Wieso jede Minute, woher will er wissen, was wir –« Der Erste Detektiv fuhr leicht zusammen. »Schulterklopfen!«
»Äh, was?«
»Bitte?«
Peter und Bob sahen sich ratlos an.
»Callahan!« Justus zog sich in Windeseile die Jacke aus. »Heute Morgen war ein Mann auf dem Schrottplatz.« Der Erste Detektiv hielt die Rückenpartie der Jacke hoch und inspizierte sie aufs Genaueste. »Ein Mr Callahan. Er wollte eine alte Marmorplatte kaufen und hat mir wegen meines Zahns scheinbar mitfühlend auf die Schulter geklopft, was an sich nett ist, aber auch den Grund gehabt haben könnte, dass er mir dabei auf meine Jacke – ja!« Justus strahlte und pickte ein kleines, schwarzes Etwas aus dem Gewebe. »Ein Peilsender! Dacht ich mir's doch! Und ein äußerst ausgereifter dazu, wenn ich mich nicht irre!«
Peter und Bob standen auf.
»Eine Wanze! Der Typ hat dir eine Wanze verpasst?« Der

Zweite Detektiv begutachtete verdattert das winzige Gerät. Er bestand aus kaum mehr als einer Platine, die auf einem flexiblen Haftgrund aufgebracht war. Perfekt dazu geeignet, um mit einem Schulterklopfen unauffällig auf eine Jacke geklebt zu werden.

»Das ist ja wirklich allerhand!« Bob konnte kaum glauben, was er da sah.

»Sehe ich auch so.« Justus drehte sich zum Computer um und schaltete ihn ein.

»Was machst du?«, fragte Peter.

»Die Adresse überprüfen, die Callahan – oder wie auch immer sein richtiger Name ist – Onkel Titus gegeben hat. Ich bin mir sicher, dass es die nicht gibt oder dass da irgendjemand wohnt, der mit der ganzen Geschichte absolut nichts zu tun hat. Verflixt, ich brauche ein Passwort.« Der Erste Detektiv starrte auf den blinkenden Cursor.

Bob griff zum Telefonhörer. »Wie lautete die Adresse?«

»Mirabelle Road 254, Santa Monica.«

Der dritte Detektiv wählte die Nummer der Los Angeles Post und ließ sich mit seinem Vater verbinden, der dort als Redakteur arbeitete. Unter einem Vorwand bat er ihn, im Internet nach der Mirabelle Road 254 in Santa Monica zu suchen. Aber in Santa Monica gab es keine Mirabelle Road 254.

»Einkaufsliste«

»Du hattest recht.« Bob legte den Hörer wieder auf. »Die Adresse existiert nicht.«
»Ein weiterer Grund, diesem Mann besondere Aufmerksamkeit zukommen zu lassen.« Justus fühlte mit seiner Zunge vorsichtig nach dem lädierten Zahn. Die Schmerzen hatten ein wenig nachgelassen.
»Wie sah der Typ vom Schrottplatz denn aus?«, fragte Peter.
Justus versuchte, sich zu erinnern. »Etwa fünfzig Jahre alt, knapp einen Meter neunzig groß, relativ muskulös. Dunkelblonde, nach hinten gekämmte Haare, dunkle Augen, markantes Kinn.« Er überlegte noch einen Moment. »Und gerade eben trug er noch braune, abgewetzte Arbeitsschuhe. Irgendwelche besonderen Merkmale hatte er nicht.«
»Und er kommt an solche Dinger ran«, ergänzte der dritte Detektiv und zeigte auf den Peilsender, den Justus auf den Schreibtisch gelegt hatte. »Ich kenne mich zwar auch nicht besonders gut aus mit solchen Teilen, aber ich glaube, du hast recht, Just. So etwas bekommt man nicht im Elektroladen um die Ecke.«
»Das müssen wir überprüfen«, erwiderte Justus.
»Und Miller?«, überlegte Peter. »Denkt ihr, dass er und der andere Kerl zusammengehören?«
»Dafür gibt es noch keinen Anhaltspunkt«, entgegnete Justus. »Aber die Möglichkeit dürfen wir natürlich nicht außer Acht lassen. Immerhin sind sie uns beide hier kurz hintereinander begegnet.«

Für ein paar Augenblicke herrschte Schweigen. Die drei Detektive hatten alle neuen Fakten und Erkenntnisse zusammengetragen. Aber keiner hatte das Gefühl, dass sie das weiterbrachte.

»Und jetzt?«, meinte Peter daher nach einer Weile. »Zum Little Dume Beach?«

Justus' Blick fiel wieder auf den Monitor, wo der Cursor weiterhin ungeduldig blinkte. »Ich möchte erst noch etwas versuchen.« Er zog die Tastatur zu sich heran.

»Die Passwörter aus dem Rosenbuch!«, fiel es Bob ein. »Du hast dir ein paar gemerkt, oder?«

Der Erste Detektiv hob eine Augenbraue an. »Natürlich. Die, die ich bereits aufgeschrieben hatte. Das ist der Vorteil eines fotografischen Gedächtnisses. Wenn es denn Passwörter waren. Und wenn bei denen, die ich finden konnte, das richtige dabei ist.«

»Du weißt aber schon, dass das nicht unser Computer ist?« Peter machte ein fragendes Gesicht.

»Wenn Rope uns schon hierherdirigiert, um ihm zu helfen, weil er in irgendwelchen Schwierigkeiten steckt, und er uns sogar seinen Büroschlüssel übergibt, wird er sicher nichts dagegen haben, wenn wir seinen Computer benutzen.«

Westhut war es nicht. Ein hässliches Tröten erklang, als Justus auf Enter drückte, und der Cursor blinkte erneut in einem leeren Eingabefeld.

»Vielleicht Tropfland«, murmelte der Erste Detektiv. »Mit Null statt o.«

»Tropfland?«, echote Peter. »Was ist denn ein Tropfland? Und Westhut? Stand das in dem Buch?«

»Ja, doch.« Der Erste Detektiv gab *Tr0pfland* ein. Das nervige Tröten ertönte erneut. »Also Nummer drei.« Aber auch *Kleinpüt2* war nicht das richtige Passwort. Justus tippte *H, a, r* und *e* in die Tastatur.
»Da fehlt ein *a*«, informierte ihn Peter.
»Tut es nicht.« Der Erste Detektiv schrieb weiter, bis *Harekr15hna* in dem Feld zu lesen war. »*Hare Krishna* ist eins der bekanntesten Anrufungsmantren der hinduistischen Mythologie. Krishna, eine der Inkarnationen des Gottes Vishnu, wird damit verehrt. Was genau allerdings Hare meint, darüber gehen die Meinungen auseinander. Die einen –«
Peter beugte sich nach vorne und drückte auf Enter. Ein helles Glockensignal ertönte und der Desktop baute sich auf. »Na bitte! Funktioniert.« Der Zweite Detektiv grinste. »Auch ohne Vortrag.«
»Super!«, rief Bob. »Es hat geklappt!«
Justus warf Peter einen missmutigen Blick zu. »Banause.« Dann öffnete er mit einem Mausklick den Arbeitsplatz.
Bob ließ seinen Blick über die Liste der Dateien gleiten. »Hoffen wir mal, dass uns der Computer weiterbringt.«
»Würde mich nicht überraschen!« Peter breitete die Hände aus. »Appleton meinte ja, dass Rope quasi hier wohnt. Sein ganzes Leben spielt sich im Institut ab, dann hat er auf diesem Computer bestimmt auch alles gespeichert, was wichtig für ihn ist. Und wenn darunter etwas ist, weswegen vielleicht diese Typen hinter ihm her sind, ist ein Wohnanhänger ja nicht unbedingt das, was man einen sicheren Ort nennen würde.«
Justus gab einen undefinierbaren Laut von sich. »Allerdings

scheint Mr Rope nicht sonderlich organisiert zu sein. Wir haben zwei Hauptordner. *OI*, was vermutlich für Ozeanografisches Institut steht, und *Privat*. Aber innerhalb dieser Ordner entdecke ich alles außer einer nachvollziehbaren Systematik.«

Tatsächlich präsentierte sich den drei Detektiven in den von Justus genannten Ordnern ein unübersehbarer Wust von Text- und Bilddateien, PDFs, JPGs, GIFs und so weiter. Nichts war zusammengefasst, geordnet oder gegliedert.

»Das dauert Tage, bis wir das alles durchhaben«, stellte Peter ernüchtert fest.

»Wir müssen es versuchen.« Justus wählte den Ordner *OI* und öffnete die erste Datei. »Herrje! Siebenundachtzig Seiten!« Der Erste Detektiv stöhnte auf. »So wird das nichts! Das ist unmöglich!«

»Sag ich doch.«

Bob beugte sich über die Dose. »Vielleicht hat uns Rope ja auch dazu einen Hinweis geliefert. Es war ihm sicher klar, dass wir in seinem chaotischen Computer nicht ohne Weiteres das finden, was wir finden sollen.« Der dritte Detektiv schob die Gegenstände hin und her, die sich in der Dose befanden. »Was haben wir denn noch? Die Schlüssel können wir vermutlich als erledigt betrachten. Bleiben eine Ein-Cent-Münze, das Parkticket vom Little Dume Beach, der Anhänger und der Papierfetzen.« Bob schaute seine Freunde an. »Hat irgendjemand eine Eingebung?«

»Zeig uns noch mal alle Dateien von *OI* und *Privat*«, forderte Peter Justus auf.

Der Erste Detektiv ging zurück auf *Arbeitsplatz* und stellte den Inhalt des Ordners *OI* in der Übersicht dar. Die drei Jungen lasen einen Dateinamen nach dem anderen und ließen die Bezeichnungen auf sich wirken. Aber eine zündende Idee hatte keiner von ihnen.

»Lies mal laut vor, Just«, bat Peter und schloss die Augen.

»Alles? Von Anfang an?«

»Egal.«

Der Erste Detektiv begann von vorn. »Brechungseffekte, Chile, CTBT, Deichbau, Druckwelle, Einkaufsliste, Erdbeben, Eurasische Platte, Früh–«

Justus hielt inne. Im selben Moment machte der Zweite Detektiv große Augen und Bob rief: »Stopp!«

»Einkaufsliste?«, sagten alle drei Jungen fast gleichzeitig. Jedem von ihnen war sofort klar, dass dieser Begriff in keinster Weise zu den anderen passte.

Justus spürte, wie ihm ein Prickeln über den Nacken lief. Er öffnete die Datei.

Doch was die drei Jungen kurz darauf erblickten, sorgte für Ernüchterung. Und Verwunderung.

»Butter, Käse, Milch?« Peter las die anderen Lebensmittel, die dort standen, gar nicht mehr vor. »Was soll das?«

»Und das hier.« Justus scrollte nach unten. Die Datei umfasste über zwanzig Seiten. Leere Seiten. Nur auf der ersten fanden sich etwa zwei Dutzend Nahrungsmittel, die restlichen Seiten waren vollkommen leer.

»Und ich kaufe doch nicht immer das Gleiche ein«, meinte Bob irritiert. »Butter, Käse, Milch.«

»Ich verstehe das auch nicht.« Justus ging noch einmal das ganze Dokument durch. Ohne Erfolg.

Und auch sonst fanden die drei Detektive nichts in Ropes Computer, das ihnen irgendwie weitergeholfen hätte, so unermüdlich sie sich auch durch die Listen klickten. Einzig eine Datei mit Fotos von Nader Rope schien ihnen einigermaßen nützlich. Jetzt wussten sie wenigstens, wie Rope aussah. Um die fünfundzwanzig Jahre, dunkelblonde Haare, offenes Lächeln. Ein sehr sympathischer Zeitgenosse.
Justus druckte eines der Bilder aus. Sie zerstörten noch den Peilsender und warfen ihn in den Papierkorb. Dann verließen die Jungen das Büro reichlich zerknirscht und machten sich auf den Weg zum Little Dume Beach.

Peter steckt fest

Den drei Jungen war der Little Dume Beach natürlich ein Begriff. Er befand sich kaum eine halbe Autostunde von Rocky Beach entfernt ein paar Kilometer westlich von Malibu und bot einige wunderschöne Flecken, an denen man ganz für sich alleine sein konnte. Leider gab es davon aber nicht allzu viele, sodass man schon früh am Morgen vor Ort sein musste, wenn man eine der lauschigen Liegestellen ergattern wollte. Außerdem erreichte man den Strand nur nach einem längeren und je nach Gepäck auch einigermaßen beschwerlichen Fußmarsch.

Als sie auf den kleinen Parkplatz fuhren, von dem aus man zum Little Dume Beach losmarschieren musste, war es bereits halb sechs Uhr nachmittags. Nur noch zwei Autos standen auf der sandigen Fläche. Eines davon gehörte vermutlich dem Pärchen, das gerade eng umschlungen den Pfad vom Strand heraufkam. Und das andere dem jungen Mann in Badeshorts, der die Parktickets verkaufte. Er saß direkt vor seinem Kleinbus in einem Liegestuhl und lauschte leiser Reggae-Musik, die aus dem Autoradio drang.

»Schon komisch, dass man hier fürs Parken zahlen muss«, fand Peter und öffnete die Beifahrertür.

»Aber sinnvoll.« Justus kletterte hinter ihm ins Freie. »So kann man sicherstellen, dass der Strand nicht zu voll wird. Und wer hier parkt, hat andererseits die Gewissheit, dass sein Auto unversehrt und vor allem noch vorhanden ist, wenn er vom Strand zurückkommt.«

Bob musste allerdings kein Ticket mehr lösen. Der Parkwächter erklärte ihm, dass er ohnehin gleich aufbrechen wollte und am Strand kaum noch etwas los sei.
Der dritte Detektiv kam zu seinen Freunden zurück. »Er sagt, wir brauchen kein Ticket mehr. Und jetzt?«
»Wir laufen runter zum Strand und sehen uns aufmerksam um«, erwiderte Justus. »Ich denke zwar nicht, dass wir auf irgendeinen entscheidenden Hinweis stoßen, aber eine gründliche Detektivarbeit erfordert, dass man jede Spur überprüft.«
»Wir könnten den Parkwächter vorher noch nach Rope fragen«, warf Peter ein. »Und diesem oder dieser A. Berret.«
»Gute Idee.«
Der junge Mann, der sich den drei ??? jetzt als Moses vorstellte, konnte jedoch weder mit Ropes Foto noch mit dem Namen A. Berret etwas anfangen. »Bin aus L. A. Mach den Job noch nicht lange. Und auch nicht jeden Tag«, informierte er die Jungen kurz und knapp und beendete damit seine Arbeitsschicht.
Aber bevor die Jungen den Pfad zum Strand betraten, machte Peter im Sand des Parkplatzes eine aufregende Entdeckung. »Kollegen! Hierher! Seht euch das an!« Der Zweite Detektiv kniete sich nieder.
Justus und Bob eilten herbei und sahen auf die Stelle am Boden, auf die Peters Finger deutete.
»Ich glaub's nicht!«, staunte Bob. »Gut, dass es die letzten Tage so heiß und trocken war.«
»Äußerst bemerkenswert!«, befand auch Justus.
Im Sand war deutlich der Abdruck eines Schuhprofils zu er-

kennen. Der vollständige Abdruck eines Turnschuhs der Marke Runners!
»Das könnte doch vom selben Schuh stammen, oder?« Peter stemmte sich wieder hoch.
»Wäre durchaus möglich«, meinte Justus. »Aber mit letzter Sicherheit lässt sich das nicht klären.«
»Wann hat es denn das letzte Mal geregnet?«, überlegte Bob.
»Letzte Woche. Freitag hat es aufgehört. Vor vier Tagen. Wartet mal kurz!« Er lief zurück zu Moses und fragte ihn, wer am Freitag auf dem Parkplatz Tickets verkauft hatte. Doch Moses wusste es nicht. Er kannte die anderen Wächter nicht. Und er selbst war Donnerstag und Samstag hier gewesen. Mit dem Abdruck kamen sie also nicht weiter.
Bis zum Strand benötigten die drei ??? eine gute Viertelstunde. Als sie dort ankamen, breitete sich ein atemberaubendes Panorama vor ihnen aus. Die tief stehende Sonne verwandelte die Meeresoberfläche in einen Spiegel aus abertausenden silberner Münzen, die sanfte Dünung brach sich weiter draußen am ansteigenden Meeresboden und schickte niedrige Wellen an Land, wo sie sich rauschend im Sand verliefen oder an vorgelagerten Felsen auftürmten und gischtend zerstoben. Am wolkenlosen Himmel zog ein mächtiger Albatros seine Runden. Kein Mensch war zu sehen.
Peter seufzte. »Ich glaube, ich zieh hierher.«
»Ich komm mit«, pflichtete ihm Bob bei.
Der Erste Detektiv sah sich um. Der Strand blieb sehr flach und erstreckte sich rechts von ihnen noch ein gutes Stück ins Landesinnere. An vielen Stellen befanden sich ausgedehnte Gezeitentümpel, bizarre Felsgebilde oder scharfkantige Fel-

der aus Vulkangestein. Und weiter hinten sumpfige Moore, die, wie Justus wusste, von Ausläufern des Silver Creek und zahlreichen unterirdischen Wasseradern herrührten, die hier verliefen. Liegestellen gab es tatsächlich nur hier und da auf den kleinen Sandbänken oder den wenigen abgeschliffenen Felsterrassen. Erst hinter den Sümpfen türmten sich die Anhöhen der Küstenberge auf, schroffe Gebilde, deren Umrisse an Fantasiewesen, Tiere oder ausgefallene Gebäude erinnerten. Von einigen kuppelförmigen Felsformationen hatte der Strand seinen Namen erhalten.
Plötzlich verengten sich Justus' Augen zu kleinen Schlitzen. »Was ist das dahinten?« Er zeigte nach rechts ins Landesinnere. »Könnt ihr das erkennen?«
»Wo denn?« Peter und Bob drehten sich um.
»Das Weiße da. Rechts hinter dem Felsen, der aussieht wie die Nase von Onkel Titus.«
»Ah ja, ich seh's«, sagte Bob. »Ein Schild, würde ich sagen. Oder ein Plakat.«
»Sehen wir's uns an.«
Das war allerdings leichter gesagt als getan. Nachdem sie ein paar Meter gelaufen waren, entpuppte sich der Gegenstand tatsächlich als weißes, beschriebenes Schild, das an einem hohen Maschendrahtzaun befestigt war. Aber um lesen zu können, was darauf stand, mussten die drei ??? eine morastige, mit Moos und niedrigen Gräsern bewachsene Fläche durchqueren, wenn sie nicht einen größeren Umweg machen wollten. Justus und Bob zögerten, aber Peter marschierte forsch drauf los. Und versank auf halbem Wege bis zu den Knien im Matsch.

»Mann! Was ist das denn?«, rief er entsetzt und sah an sich hinab. »Modder! Froschgrütze! Ich steck fest!« Er versuchte probehalber, einen Fuß anzuheben. »Und ich komm hier nicht wieder raus, wenn ich meine Schuhe anbehalten will! Verdammt!« Peter sah Hilfe suchend nach hinten. »Leute! Steht nicht so rum! Helft mir mal!«

»Kannst du schon entziffern, was da steht?«, fragte Justus und zeigte zum Schild.

»Was? Hey, ich versinke hier im Schlamm und dich interessiert nur das doofe Schild?«

»Na ja, wo du schon mal da bist ...«

»Manno! Wahre Freunde, sag ich nur.« Der Zweite Detektiv wandte sich murrend dem Schild zu. »Privatbesitz. Betreten verboten. Und noch was Kleingedrucktes, das ich nicht lesen kann. Helft ihr mir jetzt vielleicht mal?«

In diesem Moment ertönte ein merkwürdiges Geräusch. Ein unheimliches Geräusch. Es kam aus Richtung des Zaunes, hinter dem hochgewachsene Büsche den Blick auf das Innere des umzäunten Geländes verwehrten. Das Geräusch war ein tiefes Grollen, eine Art Knurren. Dann wieder ein Schnauben und Ächzen.

»Was, was ist das?« Peters Magen verkrampfte.

»Keine Ahnung«, rief Bob. »Komm jetzt lieber da weg.«

»Ich kann aber nicht!« Peter starrte zum Zaun. Was war da? Und noch viel wichtiger: Konnte das, was da war, über oder durch den Zaun?

»Peter, wir können dir nicht helfen«, rief ihm Justus zu. »Nachher stecken wir alle drei fest. Du musst allein rauskommen, vergiss einfach deine Schuhe.«

»So ein … Sch…eibenkleister aber auch!«
Peter konnte seine Schuhe dann doch noch retten. Allerdings musste er dazu bis zu den Schultern in den Morast hineingreifen und sie ausziehen. Wortlos und von oben bis unten verdreckt stapfte er an Justus und Bob vorbei zum Meer, um sich und seine Schuhe sauber zu machen. Das Furcht einflößende Geräusch war nicht wieder zu hören gewesen.
Die drei ??? liefen zurück zum Parkplatz und beschlossen, noch in die nahe gelegene Ortschaft zu fahren. Diese hieß genauso wie der kleine Bach, der am Little Dume Beach in den Pazifik mündete: Silver Creek.
Silver Creek bestand aus zwei Ortsteilen. Dem ursprünglichen Kern am Meer mit vielen alten Holzhäusern und einem moderneren Vorort mit offenbar relativ neu angelegten Behausungen. Einstöckige Häuser, Garage mit Auffahrt, Mittelklassewagen, Rasenfläche, gestutzte Büsche, hier und da eine blühende Kübelpflanze.
»Und wieso sollten die hier wissen, wer A. Berret ist?«, fragte Peter, während Bob die Vorortstraßen verließ und in Richtung des kleinen Hafens fuhr.
»Das habe ich nicht behauptet«, erwiderte Justus. »Ich äußerte nur die Vermutung, dass der Grund für den Umstand, dass Rope den Namen auf das Ticket geschrieben hat, der sein könnte, dass er eine Person namens A. Berret in dieser Gegend getroffen hat. Denn wenn A. Berret in Los Angeles wohnt, warum sollte er uns dann das Ticket vom Little Dume Beach in die Dose legen?«
»Klingt logisch. Irgendwie.« Der Zweite Detektiv schaute aus dem Fenster. »Wie wär's mit dem Laden da?«

»Versuchen wir's.«

Bob parkte seinen Käfer direkt vor *Laura's Grocery Store*, einem kleinen Lebensmittelladen, vor dessen Schaufenster hölzerne Kisten allerlei Obst und Gemüse feilboten. Ein helles Glöckchen über der Tür vermeldete der Besitzerin, dass die Jungen den Laden betraten.

Und sie hatten tatsächlich Glück! In Silver Creek gab es eine A. Berret. Die Inhaberin des Ladens wollte ihnen die Adresse von Amber Berret erst nicht verraten, aber Peters immer noch tropfnasse Haare und sein entwaffnendes Lächeln stimmten Laura schließlich um.

»Amber wohnt mit ihrer Familie ganz am Rand des alten Ortsteils.« Laura zeigte nach Westen. »Könnt ihr nicht verfehlen. Ein grünes Holzhaus mit einem wunderbaren Garten davor. Esther, Ambers Mutter, hat ein Händchen für Pflanzen. Sagt ihr einen lieben Gruß von mir!«

Bob ließ seine Freunde vor dem Haus aussteigen und suchte nach einem Parkplatz. Esther Berret empfing Justus und Peter sehr freundlich. Ihre Tochter Amber hingegen erwies sich als ein besonderer Fall. Nachdem ihre Mutter sie an die Tür gerufen hatte, weil »zwei junge Männer« mit ihr sprechen wollten, lernten sie ein etwa dreizehnjähriges Mädchen mit feuerroten, hüftlangen Haaren, funkelnden grünen Augen und viel zu weiter Latzhose kennen. Dessen Laune sich dramatisch verschlechterte, als Justus ihr das Ticket zeigte.

»Ihr kennt die Tröte?«, blaffte sie Peter an, der einen Schritt zurückwich. Normalerweise reagierten Mädchen zutraulicher, wenn sie dem Zweiten Detektiv begegneten.

»Meinst du Rope? Nader Rope?«, fragte Justus vorsichtig.

»Ja, wen denn sonst? Den Kaiser von China?«
»Und woher kennst du ihn?«
»Und wer will das wissen?« Amber verzog verächtlich das Gesicht.
»Ich bin Justus, das ist Peter, und Bob kommt auch gleich. Er musste noch mal zum Auto.«
»Aha. Ene, Mene und Muh. Sagt mir gar nichts.«
»Tja, also«, wand sich Justus, »wir sind Detektive und ermitteln in einem Fall, in den Mr Rope verwickelt zu sein scheint.«
»Detektive? Ihr? Klaro. Und ich bin Weltmeisterin im Popelweitwurf.«
»Nein, wirklich. Die Sache ist ernst. Mr Rope steckt vermutlich in großen Schwierigkeiten.«
»Na, wenn schon. Geschieht ihm recht.« Amber verschränkte trotzig die Arme.
Doch auf einmal ging in ihrem Gesicht die Sonne auf. Ihr Mund entspannte sich zu einem weichen Lächeln, die Augen begannen zu leuchten, alles an ihr wurde sanft. Justus und Peter drehten sich verwundert um, weil Amber zwischen ihnen hindurchgeschmachtet hatte.
»Hallo, da bin ich! Ich bin Bob!« Der dritte Detektiv hielt Amber die Hand hin.
»Hi, Bob!«, säuselte Amber.

Fehl am Platz

Bob wusste gar nicht so recht, wie ihm geschah. Ambers Interesse für ihn war mehr als offenkundig und traf den dritten Detektiv völlig unvorbereitet. Er hatte sich doch nur vorgestellt! Peter verdrehte innerlich die Augen und Justus unterdrückte ein Schmunzeln. Aber wenigstens durften sie jetzt reinkommen.

»Komm doch mit, gehen wir in mein Zimmer, da sind wir ganz ungestört«, flötete Amber, den Blick immer noch auf Bob gerichtet. Justus und Peter hatten nicht den Eindruck, dass sie auch mit ihnen gesprochen hatte.

Im Hause Berret wurde ebenfalls gestrichen. Allerdings nicht in Giftgrün, sondern in Weiß. Ambers Mutter bearbeitete mit einer Farbrolle eine Wand im Flur, als die drei ??? und Amber an ihr vorbei zur Treppe ins obere Stockwerk gingen. Unterstützt wurde sie dabei von Ambers kleinem Bruder Julian, der mit seinem Pinsel kreuz und quer über die Wand fuhr. Aber Weiß auf Weiß richtete bis auf ein paar unregelmäßige Streifen wenig Schaden an, und die übermalte Esther unauffällig mit ihrer Rolle. Ambers Vater war nicht da.

»Noch im Geschäft«, informierte sie Bob mit einem weichen Augenaufschlag. Nur Bob.

Ambers Zimmer überraschte die drei Detektive. Keine Explosion von Plüsch, Rosa und Mädchenschnickschnack, wie sie vermutet hatten, sondern Poster von Footballstars, offenbar selbst gebaute Flaschenschiffe und ein Boxsack, der von der Decke baumelte. Den wiederum fand Peter dann doch

nicht so unpassend. Die drei ??? setzten sich auf die Bettcouch und Amber zog sich einen Schaukelstuhl heran. Den sie vor Bob platzierte.
»Okay.« Ihre Miene verdüsterte sich wieder ansatzweise. »Ihr wollt also wissen, woher ich diese Made kenne?«
Justus stieß Bob unauffällig in die Seite. »Äh, ja«, beeilte sich der dritte Detektiv zu sagen und schickte ein freundliches Lächeln hinterher. »Das wäre super.«
Amber begann zu wippen. »Ich habe ihn unten am Strand getroffen.«
»Am Little Dume Beach?«, warf Peter ein.
Amber blitzte ihn gereizt an. »Willst du erzählen oder soll ich?«
»Du natürlich. Entschuldige.«
»Also, am Little Dume Beach. Vor zwei Wochen und zwei Tagen. Er quatschte mich an, weil ich damals so einen Anhänger trug, der ihn total zu interessieren schien.«
»Entschuldige!«, meldete sich Justus vorsichtig zu Wort und holte die Dose hervor. Er öffnete sie und entnahm ihr das silberne Amulett. »War es vielleicht der hier?«
Amber schaukelte nach vorne und streckte den Kopf vor. »Ja, genau! Das ist er! Woher habt ihr den?«
»Erzählen wir dir nachher. Sprich du erst mal weiter.«
Amber zog die Stirn in Falten. »Sag mir nicht, was ich tun soll, klar? Kann ich echt nicht haben.«
»Natürlich. Klar.« Justus atmete innerlich durch. Amber war wirklich nicht unkompliziert.
»Wo war ich? Ach so. Nader kam also auf mich zu und fragte mich, woher ich den Anhänger habe. Hab ich gefunden,

hab ich ihm gesagt. Also nicht ich, sondern Grandpa. Fragt er mich, wo. Und ich, na hinten, im Moor.«

»Meinst du das sumpfige Gelände hinter dem Strand? In der Nähe dieses Zauns?«, fragte Bob.

»Genau, Bob!« Amber schenkte dem dritten Detektiv ein bezauberndes Lächeln. »Warst du da schon mal? Ist total cool, oder? Wenn du willst, kann ich dir mal ein paar besonders schöne Stellen zeigen.«

»Natürlich.« Bob nickte brav.

»Weißt du, bei Sonnenuntergang, wenn die Sonne so aufs Wasser scheint und die Felsen glitzern, das kommt echt gut.«

Das Amulett!, dachte Justus.

Der Anhänger!, seufzte Peter innerlich.

»Und Rope hast du erzählt, dass der Anhänger von dort stammt, nicht wahr?« Auch Bob wollte, dass das Gespräch vorankam.

»Äh, ja. Und er war echt total nett und so.« Auf Ambers Stirn zogen dunkle Wolken auf. »Diese Pfeife, echt! Hat mich gefragt, ob Grandpa noch mehr solcher Sachen gefunden hat. Ja, hab ich gesagt, hat er. Und er fragt mich, ob er mal vorbeikommen darf, um sich dieses Zeug anzusehen. Ja, sag ich, gerne, klaro. Und dann hat er gesagt, dass er gleich am nächsten Tag kommen würde. Und ich: ›Ja super!‹ Ich hab ihm dann sogar den Anhänger geschenkt, weil er ihn so toll fand, und ihm beschrieben, wo ich wohne.«

Justus ahnte jetzt, worauf die Geschichte hinauslaufen würde. Armer Bob …

»Am nächsten Tag hab ich dann Tee gemacht und so und auch ein paar Kekse dazugestellt, die ich gebacken habe, und

dann kam Nader.« Amber kniff die Lippen zusammen. »Aber der hat seinen Tee nicht mal angerührt. Und keinen einzigen Keks gegessen. Obwohl die wirklich total lecker waren und ich die ganz alleine gemacht habe! Aber der interessierte sich nur für das blöde Indianerzeug von Grandpa! Hat sogar Fotos gemacht und so. Und als ich ihm dann mein Zimmer zeigen wollte, musste er auf einmal los.«
»Kam er nur dieses eine Mal?«, wollte der dritte Detektiv wissen.
»Nein.« Amber machte jetzt ein richtig böses Gesicht und starrte gegen die Wand. »Noch zweimal.«
Aber er wollte nichts von dir wissen, dachte Justus. Du hast geglaubt, dass er deinetwegen kommt, aber dem war nicht so. Nader Rope interessierten einzig und allein die Fundstücke deines Großvaters. Und deswegen bist du jetzt so sauer auf ihn. Weil du dich in einen fünfundzwanzigjährigen Mann verguckt hast, der dich links liegen gelassen hat. Fragt sich nur, überlegte der Erste Detektiv weiter, wieso sich ein Ozeanograf dermaßen für indianisches Kulturgut begeistert …
Auch Peter und Bob kapierten natürlich, warum Amber so schlecht auf Nader Rope zu sprechen war und derart grimmig wirkte. Aber als sie ihren Blick wieder von der Wand löste und auf Bob richtete, klarten ihre Augen auf und ihr Mund entspannte sich. Was den dritten Detektiv nicht wirklich beruhigte.
Amber ging wieder über in den Schmachtmodus. »Möchtest du vielleicht etwas Tee, Bob? Ich lauf gerne runter und mach dir einen.«

Und wir? Peter merkte, dass er ziemlich durstig war. Das Salzwasserbad hatte ihn ausgetrocknet.
»Ein anderes Mal sehr gerne. Aber wenn es möglich ist, würden wir jetzt auch gerne diese indianischen Fundstücke deines Großvaters sehen.« Bob hatte Justus' Blick auf das Amulett aufgefangen und richtig gedeutet. »Ist er zu Hause?«
»Nee, Grandpa ist montags um die Zeit immer beim Bingo. Aber ich zeig dir die Sachen gerne. Komm mit.«
Allmählich nervte es den Zweiten Detektiv, dass er und Justus von Amber so geflissentlich übersehen wurden. Als wären sie irgendein Ungeziefer, das sich auf der Couch niedergelassen hatte.
Ambers Großvater lebte in einem kleinen Anbau auf der Rückseite des Hauses. Zwei Zimmer, die zum Garten hinausgingen, eine kleine Küche, ein eigenes Bad. Im Wohnzimmer befand sich eine schmale Glasvitrine, in der der alte Mann seine Kostbarkeiten aufbewahrte.
»Das ist ja wirklich erstaunlich!« Justus ging mit der Nase nahe an die Glasscheibe ran.
»Ey, keine Fettflecken auf die Scheibe, klar!«, warnte Amber, blieb dabei aber ganz nah neben Bob stehen.
Der Erste Detektiv wich ein Stück zurück. »Ringe, Spangen, Messerklingen, ein Teller mit indianischen Symbolen, Scherben einer bemalten Kalebasse, tönerne Siegel.«
»Aber der Helm da sieht nicht indianisch aus.« Peter zeigte auf ein verbeultes Stück Blech, das vor langer Zeit mal eine Art Helm gewesen war. »Und die Gürtelschnalle auch nicht.«
»Und das kannst du beurteilen, ja?« Amber maß ihn mit einem abschätzigen Blick. »Mr Superdetektiv?«

Bob schaltete sich ein. »Und dein Grandpa hat das alles am Strand gefunden?«
»Das meiste im Moor. Und da ist sicher noch mehr, sagt er.« Amber legte den Kopf ein wenig schief. »Wenn du willst, können wir ja mal zusammen suchen?«
»Ähm, sicher, klar.« Bob fühlte sich nicht sonderlich wohl in seiner Haut. »Und … hat er schon mal jemanden gefragt, wieso die Sachen da liegen? Wo sie herkommen, wie alt sie sind und so?«
»Kann sein, keine Ahnung.« Ein Gesicht voller Hoffnung strahlte Bob an. »Du kannst ja morgen wiederkommen und selbst mit ihm reden.«
»Ein Quipu!« Justus klebte fasziniert wieder an der Scheibe. »Und hervorragend erhalten! Aber es ist mir unbegreiflich, wie diese Sachen hier an den Strand –«
»Hey!«, stieß Peter in diesem Moment hervor und rannte zum Fenster. »Da war jemand!«
Justus und Bob fuhren herum.
»Ich glaube, das war dieser Miller!« Der Zweite Detektiv rüttelte an der Terrassentür. Als sie aufsprang, sprintete er nach draußen.

Leichenstarre

Nach wenigen Minuten war der Zweite Detektiv wieder zurück. Justus, Bob und Amber empfingen ihn auf der Terrasse vor dem Wohnzimmer von Ambers Großvater.
»Und? War er's?«, fragte Justus ungeduldig.
Peter schüttelte den Kopf. Er war ziemlich außer Atem und brauchte ein paar Augenblicke, bis er wieder einigermaßen sprechen konnte. »Ich ... hab ihn ... nicht erkennen können. Aber es war der schwarze Chrysler ... mit dem kaputten Rücklicht. Ich habe noch versucht ... ihn einzuholen, um einen Blick auf den Typen ... werfen zu können. Aber als ich ihn ... fast eingeholt hatte, gab er Gas.«
»Er muss uns gefolgt sein«, überlegte Bob. »Noch einen Peilsender wirst du ja nicht an dir haben.«
Justus wandte sich Amber zu. »Sagt dir der Name John Miller etwas?«
»Nein, tut mir leid.« Amber vergaß für den Augenblick ihre Kratzbürstigkeit. Offenbar hatte der Fremde in ihrem Garten durchaus Eindruck hinterlassen.
Aber als die drei ??? kurz darauf aufbrachen, war sie wieder ganz die Alte. Bob wurde mit bezirzenden Augenaufschlägen und dem zauberhaftesten Lächeln eingeladen, zum Abendessen zu bleiben und anschließend gemeinsam zum Strand zu gehen, Justus und Peter waren Luft. Der dritte Detektiv schlug die Einladung zwar freundlich aus. Er werde zu Hause erwartet und außerdem seien sie mit seinem Käfer gekommen. Doch Amber ließ das nicht gelten. Es gebe Telefon

und Justus und Peter könnten ja mit dem Bus fahren. Erst als Bob versprach, morgen wiederzukommen, ließ ihn Amber ziehen.

»Aber du kommst nicht nur wegen Grandpa, oder?«

Bob lächelte verschwommen. »Ähm, nein, nein.« Was, so sagte er sich, nicht gelogen war. Er kam ja auch wegen der Fundstücke. Und Rope. Und Miller. Und so.

»Dann tschühüs, bis morgen.«

Der dritte Detektiv legte den Gang ein und fuhr los. Amber winkte noch, als der Käfer um die nächste Kurve bog.

»Du musst es Sonnenschein sagen.« Peter machte ein halb belustigtes, halb mitfühlendes Gesicht.

»Ich weiß«, grummelte Bob. »Aber so was ist nie leicht.«

»Dass das Quipu noch so gut erhalten war, ist auf die konservierende Eigenschaft des Moors zurückzuführen.« Justus war mit seinen Gedanken ganz woanders. »So ein Quipu ist sicher fünfhundert Jahre alt, wenn nicht älter.«

»Du meinst dieses Knotendings?«, fragte Peter.

Der Erste Detektiv nickte. »Die Knoten in den einst verschiedenfarbigen Schnüren sind gewissermaßen die Buchstaben einer Art Schriftsystem, das zu buchhalterischen Zwecken verwendet wurde. Die Inkas haben es noch bis ins sechzehnte Jahrhundert angewandt.«

»Ich frage mich, wie das Quipu und die anderen Fundstücke an diesen Strand gekommen sind«, sagte Bob. »Und vor allem, was das mit Rope und unserem Fall zu tun hat. Wenn es überhaupt was damit zu tun hat.«

»Davon gehe ich aus«, meinte Justus nachdenklich. »Denkt an den Anhänger in der Dose.«

»In Bezug auf Rope kam mir vorhin ein anderer Gedanke, Kollegen«, sagte Peter. »Als ich das kaputte Rücklicht sah, habe ich mich gefragt, ob Rope vielleicht etwas zugestoßen ist. Ein Unfall oder so. Und ob er deswegen von der Bildfläche verschwunden ist.«

»Oder noch schlimmer.« Bob schaute zur Seite. »Die Kerle, Miller und Callahan und wer sonst noch mit drinsteckt, könnten ihn auch … ihr wisst schon.«

Justus dachte nach. »Miller eher nicht. Der wollte wie wir zu Rope. Oder nur in Ropes Büro? In Bezug auf Callahan magst du recht haben. Seine Aussagen bezogen sich lediglich auf das, was Rope uns möglicherweise anvertraut hat.«

»Wir könnten aber zumindest mal in den Krankenhäusern anrufen und fragen, ob seit gestern jemand eingeliefert wurde, der Rope sein könnte«, schlug Peter vor.

Der Erste Detektiv nickte. »Warum nicht. Einen Versuch ist es in jedem Fall wert.«

Während Bob auf den Highway Number One zuhielt, der sie nach Hause bringen sollte, ließ sich Peter von der Auskunft zunächst die Telefonnummer des Rocky Beach Memorial geben. Der Dame in der Telefonzentrale dort erzählte er, er wolle sich nach dem Zustand eines Freundes erkundigen. Er habe gehört, dass dieser gestern Abend in Rocky Beach einen schweren Unfall gehabt habe und dann ja sicher ins RB Memorial gebracht worden sei, oder? Nader Rope sei sein Name.

»Der ist sicher nicht bei uns«, informierte ihn die Frau. »Gestern Nachmittag gab's einen schweren Busunfall an der Küstenstraße, der unsere Notaufnahme völlig lahmgelegt hat. Alles danach ist gleich ins Saint Michael's in Santa Monica gebracht worden.«

Der Rezeptionistin, die Peter anschließend im Saint-Michael's-Krankenhaus am Telefon hatte, erzählte der Zweite Detektiv noch einmal dieselbe Geschichte in aktualisierter Form.

»Tut mir leid«, sagte die Frauenstimme nach ein paar Augenblicken. »Den Namen finde ich nicht in meinem Computer. Einen Nader Rope gibt es – aber warte mal einen Moment, bleib dran …«

Der Zweite Detektiv hörte, wie sich die Frau mit einer Kollegin besprach. Aber er konnte nicht genau verstehen, was gesagt wurde. Nur den Namen Nader Rope bekam er mit.

»Da bin ich wieder. Meine Kollegin hat mir eben gesagt, dass vor ein paar Minuten schon mal jemand angerufen und nach einem Mr Rope gefragt hat. Und gestern Abend wurde ein junger Mann zu uns gebracht. Ist in Rocky Beach von einem Auto angefahren worden. Wir wissen aber noch gar nichts über ihn, er liegt im Koma.«

»Vielen Dank.« Peter legte auf. »Gib Gas, Bob. Aber so richtig. Wir müssen schnellstens nach Santa Monica!«

Dem Zweiten Detektiv war sofort klar gewesen, dass höchste Eile geboten war. Und Justus und Bob sahen das genauso, als Peter sie über die Sachlage informiert hatte. Der junge Mann konnte durchaus Nader Rope sein. Und jemand anderes war ebenfalls auf der Suche nach ihm. Miller? Callahan? Sie mussten ins Saint Michael's! Und sie konnten nur beten, dass sie rechtzeitig dort ankamen.

»Andererseits«, überlegte Justus, während Bob über den

Highway flog, »wenn Miller oder Callahan für den Unfall verantwortlich sind, warum rufen die jetzt erst im Krankenhaus an? Sie wüssten doch dann, wo sie Rope finden.«
»Vielleicht waren sie es nicht«, gab Peter zu bedenken. »Vielleicht hat ihn sein Verfolger gestern Abend aus den Augen verloren und kam genau wie wir jetzt erst auf die Idee, Rope in den Krankenhäusern zu suchen.«
»Oder der Anrufer hat mit der Sache gar nichts zu tun. Ein harmloser Verwandter oder Freund vielleicht.« Bob sah Justus und Peter an. Sein Blick wirkte nicht sehr zuversichtlich.
Zwanzig Minuten später liefen die drei ??? über den Vorplatz des Saint-Michael's-Krankenhauses mit seinen gepflegten Rasenflächen und den kunstvoll angeordneten Blumenbeeten. Eine leicht ansteigende Zufahrt führte sie unter das Dach des von Säulen gestützten Eingangsbereichs, von dem aus die Jungen durch eine doppelflügelige elektrische Schiebetür aus Glas in die große Vorhalle gelangten. Sie fragten an der Pforte, wo sie den namenlosen jungen Mann fänden, der gestern nach einem Unfall eingeliefert worden sei, und der Pförtner schickte sie nach einem kurzen Telefonat in den Intensivbereich der Klinik im vierten Stock.
Dort empfing sie vor einer bläulichen Milchglastür ein Arzt in grüner OP-Kleidung und Stoffhaube. Sein Mundschutz hing ihm unterhalb des Kinns.
»Hallo, ich bin Doktor Shepherd. Charly von der Pforte meinte, dass ihr unser Schädeltrauma vielleicht kennt.« Er gab jedem der Jungen die Hand.
Justus holte das ausgedruckte Foto hervor und zeigte es dem Arzt. »Ist er das?«

Der Mediziner musste sich das Bild nur kurz ansehen. »Ja, das ist er. Seid ihr mit ihm verwandt?«
Die Tür zum Intensivbereich ging auf und eine Ärztin trat heraus. Für einen Moment konnten die drei Jungen einen Blick erhaschen auf einen Flur mit medizinischen Geräten, leeren Betten, Verbandswagen und Infusionsständern. Auch zwei, drei Ärzte huschten über den Gang.
Der Erste Detektiv wollte eben antworten, als ihm der Atem stockte. Einer dieser Ärzte war groß, recht muskulös und trug unter seiner grünen OP-Hose – braune, unförmige Arbeitsschuhe!
»Hey!«, rief Justus und zeigte auf den Mann. »Das da ist – da ist Callahan!«
Der Mann fuhr herum. Sein und Justus' Blick trafen sich. Eine Sekunde starrten sie sich an. Dann rannte Callahan los. Die drei ??? setzten zur Verfolgung an.
»Was zum Teufel!« Dr. Shepherd stellte sich vor sie und hielt sie auf. »Ihr könnt da nicht rein! Was ist denn mit euch los?«
»Aber das da war – gibt es noch einen Ausgang?« Peter spähte über Shepherds Schulter. Callahan war um eine Ecke gerannt.
»Nein … ja, zum OP-Bereich, aber ihr sagt mir jetzt erst mal –«
»Später!«, rief Bob im Umdrehen. »Sehen Sie nach, ob mit Rope alles in Ordnung ist!« Dann sprinteten die drei Jungen los.
Im Laufen orientierten sie sich. Die Intensivstation war wie eine Art Insel im vierten Stock angelegt. Zum OP-Bereich ging es daher links- oder rechtsherum.

»Ich fahr runter, überwache den Hauptausgang und verständige die Polizei!«, entschied Justus. »Peter rechts, Bob links. Wer ihn verpasst, sichert unten den Hinterausgang. Der andere hängt sich an Callahan. Keine Mutproben, Kollegen, klar? Der Mann ist gefährlich!«

Peter und Bob nickten wortlos, dann trennten sich die drei Detektive.

Im Aufzug funktionierte das Handy nicht. Justus musste warten, bis er an der Pforte war. Dort bat er den Pförtner, alle Ein- und Ausgänge zu schließen. Ein Krimineller sei auf der Flucht und müsse aufgehalten werden. Aber der Pförtner sah ihn nur verdattert an und fragte, ob er noch ganz dicht sei. Und der diensthabende Officer im Police Department von Santa Monica forderte ihn auf, jetzt alles noch einmal ganz langsam und von vorne zu erklären …

Bob traf niemanden, der Callahan hätte sein können. Also fuhr er mit einem anderen Aufzug nach unten und suchte den Hinterausgang des Krankenhauses. Davon gab es allerdings drei. Lieferanten- und Personalzugänge nicht mitgerechnet. Der dritte Detektiv stellte sich wahllos vor den nächstgelegenen Ausgang.

Als Peter um die Ecke stürmte, sah er gerade noch, wie eine Tür zu einem der Treppenhäuser zufiel. Callahan? Er musste es darauf ankommen lassen und spurtete hinterher. Tatsächlich hastete jemand vor ihm die Stufen hinab. Der Zweite Detektiv nahm die Verfolgung auf, gelangte ins dritte Stockwerk, ins zweite und hetzte dem Mann schließlich bis in den Keller hinterher. Dort riss er eine Stahltür auf und stand auf einmal in einem schmalen, dunklen Gang.

Irgendwo summte ein Generator. An der Decke flackerte eine Neonröhre. Ansonsten war es mucksmäuschenstill.
Wo war Callahan? Er konnte sich doch nicht urplötzlich in Luft auflösen!
»Dacht ich's mir doch!«
Peter schoss herum. Callahan! Keine zehn Meter von ihm entfernt, trat der Mann aus einer Nische.
»Und ganz alleine!« Der Mann grinste ihn boshaft an.
Peter wich einen Schritt zurück.
»Dann wollen wir den Spieß mal umdrehen.« Callahan kam auf ihn zu. In seiner Hand blitzte etwas auf. Eine Spritze?
Der Zweite Detektiv zögerte keine Sekunde. Der Mann war zu groß, zu muskulös, und Peter hatte keine Lust, herauszufinden, was in der Spritze war. Also nahm er die Beine in die Hand.
Im nächsten Quergang fand Peter ein paar ungemachte Betten, von denen er zwei Callahan in den Weg rollte. Dann brachte er mit einem kurzen Zwischenspurt ein paar Meter zwischen sich und seinen Verfolger, flitzte um die Ecke und sah sich um. Keine Menschenseele weit und breit. Wo waren die nur alle? Und wo ein Ausgang? Ein Treppenhaus? Ein Aufzug? Hinter sich hörte Peter, wie irgendetwas mit lautem Getöse umfiel. Der Zweite Detektiv rannte weiter den Gang hinab.
Doch die Glastür an dessen Ende war verschlossen. Hier ging es nicht weiter. Kurz bevor Callahan um die Ecke kam, drückte Peter eine Tür rechts von sich auf und schob sich in den Raum.
Der Zweite Detektiv erstarrte. Noch bevor er die Tür wieder

leise ins Schloss gedrückt hatte, wusste er, wo er gelandet war. Diese Kälte, der Formaldehydgeruch, über dem ein leicht süßlicher Duft schwebte. Er befand sich in der Leichenkammer des Krankenhauses.
Langsam drehte er sich um. Sein Blick fiel auf die Wand mit den großen, metallenen Schubfächern. Links von ihm standen zwei Seziertische, über denen silbrig glänzende Instrumente hingen. Eine große Säge, ein Ding, das aussah wie eine überdimensionale Geflügelschere, Zangen in allen Größen, Messer. Der Zweite Detektiv schluckte.
Dann nahm er die beiden Rollbahren wahr, die man rechts von ihm an die Wand gestellt hatte. Über beide waren weiße Leintücher gebreitet. Unter einem wölbte sich deutlich die Kontur eines Menschen. Eines toten Menschen.
Auf dem Gang ertönte ein Geräusch. Schritte. Peter wandte sich um. Der Türspalt verdunkelte sich. Jemand stand vor der Tür. Callahan. Der Zweite Detektiv hatte keine Wahl. Er ging auf die leere Bahre zu und hob das Leintuch an.

Das Geheimnis der Santa Catalina

Justus hatte keine gute Nacht. Aber dass dem so sein würde, hatte er schon befürchtet, als er spät am Abend unter die Decke gekrochen war. Zum einen meldete sich sein Zahn wieder. Der Erste Detektiv hatte schon gehofft, dass die Schmerzen vom Nachmittag auf die Behandlung zurückzuführen waren und jetzt alles gut werden würde. Aber da hatte er sich wohl geirrt. Die Schmerzen waren zwar erträglich, aber irgendetwas sagte ihm, dass sich Dr. Prestons Befürchtung bezüglich des Zahnnervs bewahrheiten könnte. Und der zweite Grund, warum er nicht viel Schlaf bekommen würde, befand sich eine Etage höher, in seinem Kopf. Nach den aufregenden Erlebnissen des vergangenen Tages ging es darin zu wie in einem Bienenstock. Justus wusste, dass sein Gehirn die halbe Nacht damit beschäftigt sein würde, all die Bilder, Ereignisse und Informationen zu verarbeiten, die auf ihn eingeprasselt waren.

Beim Einschlafen spukte ihm zunächst noch Peters Bericht durch die Hirnwindungen. Wie sich der Zweite Detektiv unter das kalte Laken gelegt hatte. Wie Callahan in die Leichenkammer gekommen und so nah an der Bahre vorbeigegangen war, dass Peter ihn hätte berühren können. Wie Peter wegen des Formaldehyds fast hätte niesen müssen. Und wie zum Glück alles gut gegangen war – wenn man von dem Zettel absah, den sie anschließend unter den Scheibenwischern von Bobs Käfer gefunden hatten: *Das werdet ihr büßen!* Eine unmissverständliche Drohung. Und gleichzeitig eine weitere Bestätigung dafür, dass sie auf dem richtigen Weg waren. Aber auf welchem Weg waren sie eigentlich? Und wohin führte er sie?

Bei diesen Gedanken war Justus kurz aufgestanden und hatte ein Glas Wasser getrunken. So wurde das nie etwas mit dem Schlafen …

Nachdem er sich wieder hingelegt hatte, fiel ihm Cotta ein. Da es im Krankenhaus viel zu lange gedauert hätte, dem Officer aus Santa Monica zu erklären, was los war, hatte Justus kurzerhand aufgelegt und Cotta angerufen. Der hatte zwar zum Glück noch in seinem Büro über den Akten gesessen, aber als der Inspektor eine halbe Stunde später am Saint Michael's angekommen war, war Callahan natürlich längst über alle Berge gewesen. Gemeinsam hatten sie Cotta berichtet, was sie wussten, und Cotta hatte zu Ropes Schutz einen Beamten vor die Intensivstation beordert. Glücklicherweise hatte Callahan dem Wissenschaftler nichts antun können. Außerdem versprach Cotta den dreien, am nächsten Tag nachzusehen, ob er etwas zu Rope und den beiden anderen Männern in seinem Computer fand.

Noch für einige Augenblicke geisterte dann das Gespräch mit Dr. Shepherd durch Justus' Hirn, in dem sie diesem erklärt hatten, warum sie so plötzlich davongestürmt waren. Aber ungefähr hier schlief der Erste Detektiv dann endlich ein. Und hatte unruhige Träume. Er wanderte durch Räume voll wabernder Formaldehydnebel, hörte einen Geist in weißen Laken Hare Krishna singen, flüchtete vor unsichtbaren, böse grunzenden Wesen durch einen Sumpf, in dem er aber nur unendlich langsam vorankam, und sah Bob zu, wie er in Ambers Armen immer kleiner wurde. Und das alles in Weiß. Seine Träume waren wie in weiße Farbe getunkt. Sogar das Moor, in dem er steckte, war weiß. Weiß, alles war weiß.

Als Justus aufwachte, war es noch sehr früh am Morgen. Zunächst dachte er, der Zahn hätte ihn geweckt. Aber das war es nicht gewesen. Es machte sich zwar ein leichtes Ziehen bemerkbar, aber das war auszuhalten. Nein, irgendetwas anderes hatte ihn wach werden lassen. Der Erste Detektiv kannte das. Sein Unterbewusstsein formte manchmal im Schlaf aus all den Eindrücken und Geschehnissen des Tages eine Idee, eine neue Einsicht. Oft waren das Hirngespinste, aber bisweilen erschlossen sich ihm tatsächlich Zusammenhänge, die er im wachen Zustand vielleicht niemals –

»Weiß!«, rief Justus plötzlich leise. Verblüfft starrte er in die Dunkelheit. »Der Zettel!« Er schwang sich aus seinem Bett, schlüpfte in die Hausschuhe, warf sich seinen Bademantel über und verließ das Zimmer. Onkel Titus und Tante Mathilda schliefen natürlich noch. Das Schnarchen, das aus ihrem Schlafzimmer drang, war unüberhörbar. Tante Mathildas Schnarchen …

Justus schlich die Treppe hinunter, öffnete die Haustür und lief über den noch dunklen Schrottplatz. Ein blasser Halbmond lag träge auf dem Bretterzaun, irgendetwas Kleines, Pelziges huschte unter den Haufen alter Fahrradrahmen, in weiter Entfernung jaulte eine Polizeisirene. Der Erste Detektiv begab sich zum Kalten Tor, einem ausgedienten Kühlschrank, durch dessen Rückwand man in einen kurzen

Wellblechtunnel gelangte, der zur Zentrale führte. Dort angekommen, schaltete er die Schreibtischlampe ein, warf den Computer an und startete die Textverarbeitung. Er gab wahllos einige Zeichen und Buchstaben ein, bearbeitete das Geschriebene über die Symbolleiste und klickte anschließend auf *Wörter zählen*.

»Ja!« Justus lehnte sich zufrieden zurück. »Das wäre natürlich clever.«

Einen Augenblick überlegte der Erste Detektiv, ob er vielleicht noch vor Unterrichtsbeginn ins Ozeanografische Institut fahren sollte, um seine Vermutung zu überprüfen. Aber so früh war da sicher niemand und er wollte auf keinen Fall das dortige Wachpersonal aufschrecken.

Bis zum Frühstück stöberte Justus noch im Internet, las alles, was er über den Little Dume Beach fand, versuchte herauszufinden, wem das umzäunte Grundstück gehörte, und klickte sich durch unzählige Seiten über die Kultur südamerikanischer Indianer. Auch den Peilsender, den ihm Callahan verpasst hatte, suchte er im Netz und fand bestätigt, was er angenommen hatte: Derartige Exemplare gab es nicht im freien Handel zu kaufen. Doch sowohl die Polizei als auch das Militär benutzten sie.

Nach einem kurzen Abstecher zu Tante Mathilda in die Küche verließ Justus um kurz vor acht das Haus. Vor der Tür fiel ihm ein, dass er besser noch eine von Dr. Prestons Tabletten aus seinem Zimmer holen sollte. Also kehrte er um. Als er gerade die Treppe hinauflaufen wollte, klingelte das Firmenhandy. Justus holte es aus der Tasche und ging ran. »Die drei ???, Ju–«

»Bob?« Amber war dran. Und klang ziemlich angespannt.
»Nein, hier ist Justus.«
»Ist Bob auch da?«
»Nein.« Justus überlegte kurz. »Du hast diese Nummer vermutlich aus dem Internet?«
»Nein, du Schlaubohne, ich habe geraten. Ich will Bob sprechen. Wo ist er?«
»Unterwegs. Kann ich dir vielleicht helfen?« Justus nahm an, dass er das nicht konnte. Amber wollte Bob. Nur Bob.
»Sag Bob, dass er mich so schnell wie möglich anrufen soll. Heute Nacht hat jemand bei Grandpa eingebrochen.«
»Oh!« Justus wurde hellhörig. »Ein Einbruch?«
»Hast du was an den Ohren?«
»Äh, nein. Habt ihr die Polizei verständigt?«
»Was glaubst du denn? Aber Bob kann das sicher viel besser. Also sag ihm Bescheid!« Grußlos legte Amber auf.
Justus starrte den Hörer an. »Gerne. Dir auch einen schönen Tag.«
Peter oder Bob würde er heute in der Schule nicht antreffen. Der dritte Detektiv war mit seinem Chemiekurs auf Exkursion und der Zweite Detektiv am Strand, wo seine Seminargruppe einen Surfkurs für die Unterstufe betreute. Nach Unterrichtsschluss beeilte sich Justus, zum Parkplatz der Schule zu kommen, um seine Freunde dort direkt abzufangen. Er wartete bei Peters MG und wollte eine Tablette nehmen. Die Zahnschmerzen waren im Laufe des Vormittags ziemlich unangenehm geworden. Aber die Tabletten lagen ja immer noch in seinem Zimmer. Das Telefonat mit Amber … Während Justus überlegte, dass er unbedingt noch

diese Woche bei Dr. Preston vorstellig werden sollte, sah er Peter und Bob über den Parkplatz laufen.

»Na endlich, Kollegen! Wir müssen zum Institut!«

»Hi, Just!« Peter sah nach Sonne, Meer und Wind aus. »Toller Tag heute, nicht wahr?«

»Sicher.« Justus dachte an die zwei Stunden Geschichte bei Mrs Heathcote. In ihrem Unterrichtsraum im Keller. »Und bei den Berrets wurde eingebrochen.«

»Du machst Witze!« Bob legte die Stirn in Falten.

»Wenn das keine Masche von Amber ist, um dich schneller wiederzusehen, nicht. Aber zuerst müssen wir nach Marina Del Rey.«

Dreißig Minuten später grüßten die drei ??? den Pförtner am Eingang des Ozeanografischen Instituts und gelangten kurz darauf ungesehen in Nader Ropes Büro. Justus setzte sich vor den Computer, gab das Passwort ein und öffnete die Datei »Einkaufsliste«.

»Das hatten wir doch schon«, meinte Peter.

»Abwarten.« Der Erste Detektiv ging auf *Alles markieren* und dann auf *Wörter zählen*. »Bitte sehr.«

Peter und Bob brauchten ein paar Sekunden, bis sie verstanden, was da in dem kleinen Fenster zu sehen war.

»52344 Zeichen?«

»8217 Wörter?« Bob schüttelte den Kopf. »Aber … da steht doch gar nichts! Das sind gerade einmal … zwanzig, fünfundzwanzig Wörter.«

»Sind es nicht.« Justus schloss das Fenster und ging wieder auf die Symbolleiste. »Erinnert euch an den Fetzen Papier. Weißes Papier, auf dem nichts vermerkt ist. Nur ein Stück weißes Papier. Und wenn ich jetzt die Schriftfarbe des ganzen Textes auf Schwarz setze, dann …« Der Erste Detektiv führte den Befehl aus. Sofort erschien eine dicht beschriebene Seite. Und auch alle anderen Seiten waren auf einmal voll mit Buchstaben und Wörtern.

»Das ist ja irre!«, entfuhr es Bob. »Rope hat die Schrift weiß gefärbt! Weiß auf Weiß!«

»Bis auf die paar Lebensmittel, ja. Was natürlich nur der Ablenkung dienen soll.« Justus scrollte zur ersten Seite. »Ich glaube, dass mich Ambers kleiner Bruder auf die Idee gebracht hat. Er durfte weiße Striche auf die weiße Wand malen, erinnert ihr euch? Und als ich heute Nacht ziemlich wirr träumte, erschien mir alles … Egal. Jedenfalls kam mir die Lösung sozusagen im Schlaf.«

Peter sah seinen Freund an wie ein außerirdisches Insekt. »Manchmal machst du mir echt Angst, Just.«

»Und worum geht es? Was steht da?« Bob deutete ungeduldig auf den Monitor. »Das muss ja irgendwie von Bedeutung sein, wenn Rope seinen Text auf diese Weise verschlüsselt.«

In den nächsten fünfzehn Minuten lasen die drei Detektive, was Nader Rope so geschickt vor neugierigen Augen verborgen hatte. Und mit jeder Minute wurde ihr Staunen größer.

»Ein Schiff, das von einem Tsunami an Land gespült wurde?« Peter ließ sich auf die Couch plumpsen. »Darum geht es?«

»Appleton erwähnte doch, dass sich Rope seit einiger Zeit mit einem Tsunami befasste, der unsere Küste vor über dreihundert Jahren heimsuchte«, erinnerte sich Bob.

»Am 31. Januar 1700, um genau zu sein.« Justus' famoses

Gedächtnis hatte die wesentlichen Fakten natürlich gespeichert. »Und Rope hat herausgefunden, dass dieser Tsunami möglicherweise die Santa Catalina, ein Schiff der spanischen Krone, auf den Little Dume Beach warf, wo sie an den Küstenbergen zerschellte.«

»Und wo ihre Überreste im Laufe der Jahrhunderte im morastigen Untergrund versanken«, ergänzte Bob.

Der Text von Nader Rope war zum einen eine Art Recherchetagebuch und zum anderen eine detaillierte Stoffsammlung zu diesem spektakulären Fund. Rope beschrieb, wie er sich zunächst rein beruflich mit dem Tsunami vom 31. Januar 1700 beschäftigte und dazu auch in vielen Archiven war, um Hinweise aus der damaligen Zeit zu finden. Verschiedenste historische Informationen und Fakten füllten die meisten Seiten des Textes. Irgendwann stieß Rope dann zufällig in den verstaubtesten Regalen der Universität von San Diego auf einen Brief eines gewissen Gaspar Segador, Schiffsarzt auf der Santa Catalina. Er hatte als Einziger das Unglück überlebt und versucht, auf dem Landweg wieder zur Jesuitenmission in Loreto zurückzukehren, ihrem letzten Hafen. Ob er es je geschafft hatte und wie seine Aufzeichnung die Zeit überdauert hatte, darüber schrieb Rope nichts. Oder er wusste es nicht. Aber Rope erfuhr, dass die Santa Catalina zu Segadors Ärger am 23. Januar 1700 von der Jesuitenmission in Loreto aus aufgebrochen und entgegen allen Anweisungen und trotz aller Warnungen der Ordensbrüder um Los Cabos herum nach Norden gesegelt war. Und dass sie acht Tage später von einer gigantischen Welle an Land gespült worden war, die – mit Ausnahme Segadors – alles

Leben auf der Santa Catalina ausgelöscht hatte. Rope hatte daraufhin errechnet, dass sich das Schiff zum Zeitpunkt des Tsunamis irgendwo zwischen Los Angeles und San Francisco befunden haben könnte. Den vermutlich entscheidenden Hinweis hätten ihm jedoch Amber und die Funde ihres Großvaters geliefert.

Bis hierhin konnten die drei Jungen dem Bericht gut folgen. Aber dann wurde es schwierig. Zu seinen weiteren Nachforschungen hatte Rope oft nur Stichworte notiert, dazwischen hin und wieder seine eigenen Überlegungen niedergeschrieben.

»Und welche Rolle spielt jetzt dieser Lewin Geriwell?« Peter hatte den Namen genau wie Justus und Bob noch nie gehört. »Ich habe nur verstanden, dass er Rope ziemlich auf die Nerven gegangen sein muss.«

»Ja, aber auch, dass Rope sich selbst die Schuld gibt, Geriwell überhaupt auf die Sache aufmerksam gemacht zu haben«, sagte Bob. »Er sei naiv gewesen, schreibt er.«

»Und dass er erst mal selbst hätte nachforschen sollen, was SC bedeutet und was das Schiff geladen hatte.« Justus knetete mal wieder seine Unterlippe. »Vielleicht hat Segador in seinen Aufzeichnungen nur von SC geschrieben, wenn er die Santa Catalina meinte. Damit wusste Rope dann zunächst nichts anzufangen und hat ein paar Leute gefragt, die das seiner Meinung nach wissen konnten.«

»Geriwell?«, fragte Peter.

Justus zuckte die Schultern. »Liegt nahe. Noch spannender finde ich aber die Frage, wieso Rope eigens die Ladung der Santa Catalina erwähnt.«

»Den Fundstücken von Ambers Großvater nach zu urteilen, muss sie vorher in Südamerika gewesen sein«, sagte Bob.

»Würde passen, aber Genaueres lässt sich dem Text nicht entnehmen. Vielleicht sind wir schlauer, wenn wir verstehen, was es mit dieser Skizze auf sich hat, und den Angaben darauf folgen.«

Peter zog bedeutungsvoll die Augenbrauen nach oben. »Für mich ist das keine Skizze, Kollegen. Das sieht mir viel eher aus wie eine Schatzkarte.«

Star Wars

Auf der letzten Seite von Ropes Bericht befand sich eine eingescannte, von Hand gefertigte Skizze. Gestrichelte Linien, merkwürdige Formen und Figuren, ein paar Zahlen. Und darunter der Vermerk: *Hat Geriwell recht? Muss Hinweisen nachgehen; wäre Sensation.*

Die drei Detektive hatten die Skizze beim ersten Mal übersehen, weil sie auf ein Minimum verkleinert gewesen war. Und der Vermerk war natürlich wie alles andere weiß gefärbt gewesen.

»Aber trotzdem verstehe ich das alles nicht«, fuhr Peter fort. »Worum geht es hier? Was will Rope von uns? Dass wir einen Schatz für ihn finden? Den wir für ihn aufbewahren, bis er sich wieder bei uns meldet? Damit er sich damit dann ein schönes Leben macht? Und wir kriegen Finderlohn?«

»Das halte ich für abwegig.« Der Erste Detektiv studierte immer noch die Skizze. »Rope ist Wissenschaftler. Ihm muss klar sein, dass er nicht behalten kann, was immer er am Little Dume Beach findet. Der Fund würde der Öffentlichkeit, dem Staat Kalifornien gehören.«

»Das muss nicht sein«, widersprach Bob. »Denk an das umzäunte Gebiet. Wenn die Santa Catalina auf Privatbesitz liegt, sieht das ganz anders aus. Aber weil du die Wissenschaft ansprichst: Vielleicht sollen wir für Rope den Fund gewissermaßen beweisen? Und so dafür sorgen, dass ihm der Ruhm der Entdeckung zukommt? Das würde auch erklären, warum Rope seine Ergebnisse so geheim hält. Niemand soll wissen, was er weiß. Zumal ihm ja auch niemand geglaubt hat, als er seine ersten Vermutungen mitgeteilt hat. Appleton nicht und auch andere Kollegen nicht. Rope selbst schreibt, dass alle die Santa Catalina für ein Hirngespinst hielten. Er war offenbar enttäuscht oder gekränkt und wollte erst wieder an die Öffentlichkeit gehen, wenn er sich seiner Sache ganz sicher war. Bis dahin sollten seine Erkenntnisse unter Verschluss bleiben.«

»Ach komm!« Peter hob die Arme. »Ein Wissenschaftler jagt den anderen vor ein Auto und will ihm im Krankenhaus irgendein Zeug verpassen, nur damit sein und nicht Ropes Name in irgendeinem öden Geschichtsbuch steht, das sowieso keiner liest? Deswegen soll uns Rope die Dose über den Zaun geschmissen haben?«

»Aber so etwas Ähnliches hatten wir schon mal«, verteidigte sich der dritte Detektiv. »Erinnerst du dich?«

»Ja, natürlich, die Sache am Pirate's Point. Aber damals sollten wir den Wissenschaftler selbst retten, während wir jetzt ein uraltes Wrack im Modder finden sollen, das Rope ja eigentlich schon gefunden hat.« Peter verzog das Gesicht. »Ich weiß nicht.«

»Hm, hm«, machte nun Justus, die Augen immer noch auf den Monitor gerichtet.

»Und was wollen diese weisen Worte zu unserer Diskussion beitragen?« Peter schaute seinen Freund fragend an.

»Dass du vermutlich recht hast.«

»Das freut mich zu hören. Allerdings glaube ich da zwischen den Hms und deiner freundlichen Zustimmung irgendwo ein klitzekleines Aber zu entdecken.«

»Nein, kein Aber. Eher ein Und. Und tatsächlich auch ein Hm.« Justus setzte sich auf. »Ich glaube auch nicht, dass Rope uns dafür engagiert hat, ein verunglücktes Schiff zu entdecken oder einen Schatz zu heben. Das wäre doch etwas leichtfertig. Angesichts der Tatsache, dass Ropes Leben bedroht wird, sind ein vielleicht im Moor versunkenes Schiff und ein vielleicht irgendwo vorhandener Schatz viel zu hypothetisch und auch unwichtig, um uns ebenfalls dieser Gefahr auszusetzen. Zumindest schätze ich Rope nicht so ein nach allem, was wir bisher über ihn wissen. Nein, Nader Rope hatte einen handfesten akuten Grund, warum er sich an uns gewandt hat.«
»Nämlich?«, fragte Bob gespannt.
»Das, was Peter schon angedeutet hat. Ich glaube, dass er uns zu seinen Verfolgern führen will. Um sich selbst zu retten. Als man ihn durch Rocky Beach gejagt hat, befürchtete er offenbar das Schlimmste. Und wie wir wissen, lag er damit nicht so falsch. Rope will, dass wir die Leute aufstöbern, die hinter ihm her sind, um ihm zu helfen.«
»Meine Rede«, sagte Peter.
Bob nickte langsam. »Hört sich überzeugend an.«
Der Erste Detektiv beugte sich nach vorne und griff nach der Dose. »Außerdem gibt es noch einen ungelösten Hinweis. Den Cent.«
»Könnte für den Schatz stehen«, mutmaßte Peter.
»Für einen denkbaren, noch nicht existenten Schatz. Den zu suchen offenbar sehr riskant ist. Noch einmal: Ich glaube nicht, dass Rope uns so einer Gefahr aussetzen würde. Außerdem hast du ja selbst gesagt, dass es ziemlich unsinnig

wäre, einen Schatz zu finden und aufzubewahren, bis Rope wieder bei uns anklopft. Noch dazu einen, der weder ihm noch uns gehört.«

»Also kein Schatz?«

»Das habe ich nicht gesagt.«

Peter verdrehte die Augen. »Was jetzt?«

»Ich sage nur, dass ich glaube, dass es in unserem Fall nicht um einen Schatz geht. Und auch nicht um ein Schiff.«

»Sondern um einen Cent?«

»Stellvertretend, ja.«

»Stellvertretend. Toll. Und das heißt?«

Bob wollte eben etwas sagen, als ihr Firmenhandy klingelte. Justus sah auf das Display.

»Es ist Sonnenschein. Für dich.« Er hielt Bob das Handy hin.

»Oh, bitte nicht!«, stöhnte der dritte Detektiv. Widerstrebend ging er ran. »Hallo, Amber! … Ja, das hat mir die … – hat mir Justus ausgerichtet.« Er sah den Ersten Detektiv mit einem entschuldigenden Lächeln an. »Aber natürlich … Wir mussten noch dringend etwas erledigen … Wir fahren in Kürze los … Das wäre schön … Gerne … Gerne … Äh, ja … Bis nachher.« Bob legte auf. »Mann! Ich fühle mich, als wäre ich verheiratet.«

»Wie hat sie mich genannt?«, fragte Justus argwöhnisch. »Du hast mitten im Satz abgebrochen.«

Bob kniff die Lippen zusammen. »Das willst du nicht wissen, Just, glaub's mir.«

Der Erste Detektiv machte ein finsteres Gesicht. Er war sich sicher, dass Ambers Bemerkung mit den paar Pfunden zu

viel zu tun hatte, die sich um seine Taille wanden und hartnäckig jeder Diät trotzten.
»Also? Stellvertretend heißt was?«, versuchte Peter seinen Freund abzulenken.
»Bitte?«
»Du wolltest erklären, wofür der Cent steht.«
»Ach so. Das weiß ich nicht. Noch nicht. Aber Rope hat uns auch diesen Hinweis sicher nicht ohne Grund gegeben.«
»Und wofür steht ›… und tatsächlich auch ein Hm‹?«
Justus schaute seinen Freund ratlos an.
»Das Hm. Du meintest, da gäbe es tatsächlich eins.«
»Ach, das.« Justus richtete seinen Blick wieder auf den Monitor. »Das hier. Es könnte doch sein, dass Rope diese Skizze aus Segadors Notizen abgezeichnet hat. Mitnehmen durfte er das uralte Skript sicher nicht. Und irgendwie habe ich den Eindruck, dass mir diese Zeichnung etwas sagt. Oder Details darin. Ich weiß nur nicht, was.«
Peter und Bob kamen näher und sahen ebenfalls auf den Bildschirm.
»Irgendetwas Konkretes?«, fragte Bob. »Dieser Pilz da vielleicht? Oder diese Nase?« Er zeigte auf zwei der krakeligen Konturen. »Moment mal!« Der dritte Detektiv ging noch ein Stück näher ran. »Ja doch! Erinnerst du dich, Erster? Als du uns das Schild gezeigt hast, das Schild an dem Zaun. Da hast du etwas gesagt wie ›Hinter dem Felsen, der aussieht wie die Nase von Onkel Titus‹. Weißt du's noch?«
»Ja, ja! Du hast recht!«, erwiderte Justus aufgeregt. »Das ist es! Das meinte ich! Dieses Objekt sieht exakt so aus wie dieser Felsen! Wie eine Nase!«

»Aber dann haben wir einen Anhaltspunkt, Kollegen!«, erkannte Peter. »Hier, seht euch das an!« Er zeigte auf den Bildschirm. »Wenn das tatsächlich der Nasenfels ist, können wir die aufgezeichneten Linien davor vergessen. Die brauchen wir dann nicht. Denn von dem Nasenfels geht eine weitere Linie nach Norden zu dem Pilz, und zwar …«, Peter entzifferte die klein geschriebene Zahl, »… siebzig Meter.«

»Oder siebzig Schritte«, meinte Bob. »Oder welche Maßeinheit man auch immer in Spanien im Jahre 1700 verwendet hat. Aber das werden wir ja sehen. Wenn da dann irgendwo was Pilzartiges ist, wissen wir, ob es siebzig Meter, Schritte oder was auch immer sind!«

»Genau!«, rief Peter begeistert. »Und von da geht es achtzig was auch immer nach Osten zu etwas, das aussieht wie eine große –«

Ein Handy klingelte. Aber es war nicht das Handy der drei Jungen. Und es klingelte vor der Bürotür. Mit der Erkennungsmelodie von Star Wars.

»Wer zum Teufel …?« Mit drei Schritten war der Zweite Detektiv an der Tür und riss sie auf. Er schaute den Gang hinab. Jemand rannte auf die Glastür am Ende des Flurs zu. Ein großer Mann mit wuscheligen braunen Haaren, grüner Armeejacke und massiven Stiefeln.

Katze Nummer drei

»Miller! Es ist Miller!« Peter drehte sich wieder zu seinen Freunden um und deutete hektisch nach draußen. »Diese Ratte hat uns belauscht!« Der Zweite Detektiv wollte losrennen.

»Zweiter!«, rief ihm Justus hinterher. »Nicht! Bleib hier!«

Peter hielt mitten in der Bewegung inne. »Nicht? Wieso nicht?«

»Was willst du tun? Ihn verprügeln, damit er dir sagt, was er gehört hat? Ohne die Skizze weiß er nur, dass er zum Little Dume Beach muss und dass es vom Nasenfelsen bis zum Pilz siebzig irgendwas sind. Damit kommt er nicht weit. Außerdem fahren wir jetzt sowieso dorthin.«

Der Zweite Detektiv sah noch einmal den Gang hinab. »Ich hätte ihn vielleicht an seine Stoßstange fesseln können, damit er uns nicht folgen kann.«

Justus lachte. »Wenn mal nicht er *dich* irgendwo angebunden hätte! Der Mann sah mir sehr durchtrainiert aus. Lasst uns aufbrechen.«

Bob sah noch einmal durch das Bürofenster hinunter zum Parkplatz, wo Miller eben in seinem schwarzen Chrysler verschwand und losfuhr. »Wir müssen allerdings sehr aufmerksam sein, wenn wir jetzt zum Little Dume Beach fahren«, meinte er mit sorgenvoller Stimme. »In diesem Katz-und-Maus-Spiel gewinne ich mehr und mehr den Eindruck, dass wir die Mäuse sind.«

Sie brauchten länger nach Silver Creek, als ihnen lieb war.

Die Straßen waren dicht, die drei Jungen standen oft im Stau oder kamen nur stockend vorwärts. Tröstlich war zumindest, dass es Miller wohl genauso erging, wenn er nicht in einen Hubschrauber umgestiegen war. Einen schwarzen Chrysler konnten sie allerdings auch nicht entdecken.
Während der Fahrt fasste sich Justus immer öfter an die Wange. Allmählich setzte das Pochen wieder ein. Vielleicht hätten sie doch noch schnell am Schrottplatz vorbeifahren sollen, um die Tabletten zu holen …
Peter sah zur Seite. »Immer noch der Zahn?«
Justus nickte.
Die drei ??? entschlossen sich, zunächst noch zu den Berrets zu fahren. Vielleicht lieferte ihnen der Einbruch wichtige Hinweise. Miller, da war sich Justus sicher, konnte ohne die Skizze mit den paar wenigen Informationen, die er aufgeschnappt haben mochte, nicht allzu viel anfangen. Er würde vermutlich am Little Dume Beach auf sie warten …
Als sie vor dem Haus der Berrets hielten, fing es bereits an zu dämmern. Die drei Jungen stiegen aus, aber noch bevor sie den Garten betraten, erschien Amber in der Haustür.
Sie hatte sich hübsch gemacht. Breites Glitzerstirnband, schwarzes T-Shirt, auf dem in großen, weißen Buchstaben stand *Wenn dich alle mögen, hast du etwas falsch gemacht,* schwarze Jeans und viel zu viel Lippenstift. Schwarzer Lippenstift. Peter blieb erst einmal die Luft weg, Justus staunte wortlos und Bob schluckte.
»Hallo, Bob! Da bist du ja!« Amber hakte sich beim dritten Detektiv unter und führte ihn ins Haus. »Ich habe uns Tee gemacht.«

»Ich wette, schwarzen Tee«, flüsterte Peter Justus zu. Unaufgefordert folgten die beiden Detektive.
Bob musste all sein diplomatisches Geschick aufbieten, um Amber davon zu überzeugen, dass sie nicht wirklich Zeit zum Teetrinken hatten, sondern so schnell wie möglich die Spuren des Einbruchs begutachten und mit ihrem Großvater sprechen mussten. Und dass Justus und Peter auch mit dabei sein mussten.
»Aber deinen Tee möchtest du trotzdem, oder?«
»Natürlich!« Die Frage hatte eher wie eine Drohung geklungen, daher hatte sich Bob beeilt zuzustimmen.
Gerald Berret war zur Erleichterung der drei Jungen sehr viel weniger exzentrisch als seine Enkelin. Oder auf eine andere, harmlose Art. Als Amber die drei ??? zu ihm führte, machte er in seinem Wohnzimmer gerade Yoga. Kopfstand. In roten Boxershorts, grünen Socken und weißem Tank-Top, das ihm bis zum Hals gerutscht war, sodass die Jungen seinen ansehnlichen, behaarten Bauch bewundern konnten.
»Ah, der Meisterdetektiv und seine Helfer«, sagte Gerald Berret kopfüber. »Amber hat mir schon gesagt, dass ihr kommt.«
Justus und Peter war völlig klar, wer der Meisterdetektiv und wer die Helfer waren. Sie grüßten dennoch genauso freundlich wie Bob.
Gerald Berret entschuldigte sich dafür, dass er leider weiter seine Übungen machen müsse. In seinem Alter müsse man regelmäßig was tun für die morschen Knochen, haha. Noch aus dem Kopfstand lotste er die Jungen zu den Spuren, die der Einbruch hinterlassen hatte.

Viel war nicht zu sehen. Die Terrassentür war aufgehebelt worden, ein paar Schubladen waren durchwühlt, Schränke geöffnet worden.
»Und niemand hat etwas bemerkt?«, fragte Justus.
»Mein Schlaftablettenschlaf ist ruhig und selig.« Gerald lachte kehlig. »Aber zum Glück hat er nichts geklaut.« Er wechselte prustend in die Kerze.
»Gar nichts?«, fragte Bob verwundert.
»Nein. Hab offenbar nichts, was ihn interessiert hat.«
»Und es war ein Er?«, hakte Justus nach.
»Ja. Eindeutig.« Gerald streckte die Beine noch etwas mehr durch. »Amber, Schätzchen, geh doch mal zu meinem Computer und klick die Überwachungskamera an«, ächzte er. »Schulterstand! Gut für die Schilddrüse! Und sehr ausgleichend!«
»Komm mit, Bob.« Amber zog Bob vor den Computer.
»Sie haben den Einbrecher gefilmt?«, wunderte sich Peter.
»Ja, vor der Terrasse hängt eine Kamera. Aber viel sieht man nicht. Sag mal, tut dir was weh?« Gerald sah Justus aus den Augenwinkeln an. In seiner Stellung konnte er den abgeknickten Kopf gerade kaum drehen.
»Der Zahn, ja.«
»Dagegen hab ich eine tolle Pille! Als alter Mann hat man ja für und gegen alles Tabletten im Haus.« Gerald lachte angestrengt. »Willst du?« Er klappte die Beine über den Kopf nach hinten und stellte die Füße auf dem Boden ab.
Justus überlegte eine Sekunde und nickte dann. Er brauchte wirklich etwas gegen die Schmerzen. »Ja, das wäre sehr nett.«
»Man sieht wirklich kaum etwas«, sagte Bob mit Blick auf

das Video, das auf dem Monitor lief. »Zumindest kein Gesicht.«
»Aber es ist weder Miller noch Callahan«, erkannte Peter. »Der Typ da sieht aus wie ein Catcher. Klein, kahl und bullig.«
Amber zog eine gelangweilte Miene. »Das hat Bob längst gesehen, nicht wahr, Bobby?«
»Katze Nummer drei«, umging der dritte Detektiv eine Antwort und machte einen kleinen Schritt zur Seite. Amber war ihm bedenklich nahe gekommen.
Die drei Detektive stellten Gerald Berret noch einige Fragen. Ob er einen Lewin Geriwell kenne (nein), ob ihm die Namen Miller und Callahan etwas sagten (Miller kannte Gerald vier, davon zwei Idioten, Callahan keinen), wem das umzäunte Gelände hinter dem Little Dume Beach gehöre (Neville Collins, dem Idioten), wann er das erste Fundstück entdeckt habe (vor zwei Jahren), ob er einen Verdacht habe, woher die Fundstücke stammten (von Indianern, die hier mal gelebt haben), wo Gerald die meisten Funde getätigt habe.
»Waff intereffiert euch an dem alten Kram eigentlich fo?« Gerald befand sich gerade in Bauchlage und war nur schwer zu verstehen.
»Die Recherchen sind Teil eines Auftrages«, erwiderte Justus knapp.
»Von Nader, der Kakerlake, oder?« Amber setzte wieder ihr Mordgesicht auf.
»Nader Rope? Diesem netten jungen Mann?« Gerald richtete sich auf und begab sich in einen merkwürdig verdrehten Bodensitz.

»Der – ist – nicht – nett!«, schleuderte Amber ihrem Großvater entgegen.
»Ach, Rübchen.« Gerald grinste wissend. »Der war doch viel zu alt für dich.«
Amber schnappte nach Luft und lief knallrot an, sagte aber nichts. Peter hatte jedoch das Gefühl, dass gleich heißer Dampf aus ihren Ohren quellen würde.
»Dann muss ich jetzt doch mal aufstehen.« Gerald Berret entknotete sich und kam ächzend auf die Beine. Er ging zum Computer, öffnete eine Landkarte, vergrößerte die Ansicht, sodass der Little Dume Beach den ganzen Monitor füllte, und beschrieb mit dem Cursor einen Kreis. »Da ungefähr. Da lagen die meisten Fundstücke.«
Mit einem kurzen Blick verständigten sich die drei ???. Der Kreis schloss den Nasenfelsen und den Pilz ein.
Die Jungen hatten genug erfahren. Es war Zeit aufzubrechen. Draußen wurde es bereits dunkel. Sie bedankten sich bei Gerald Berret und machten Anstalten zu gehen.
»Wie?« Ambers Augen wuchsen auf Untertellergröße an. »Du gehst jetzt?«
Bob lächelte schuldbewusst. »Wir müssen noch zum Strand. Was überprüfen.«
»Zum Strand? Da komme ich mit!«
»Amber, ich halte das für keine gute Idee. Es wird ja auch schon –«
»Dunkel, ja, und du kennst dich da nicht aus. Ich zieh mir nur noch andere Schuhe an.«
Gerald Berret sah seiner Enkelin mit mildem Blick hinterher. »Ja, so ist sie, meine Kleine.«

Dämonen der Nacht

Ambers Schuhwechsel gab den drei ??? Gelegenheit, einige Dinge aus dem Auto zu holen und sich kurz auszutauschen. Bemerkenswert fanden sie vor allem, dass der Einbrecher nichts gestohlen hatte. Wieso? Weil ihn tatsächlich nichts interessiert hatte? Immerhin besaß Gerald Berret einen Computer. Oder hatte der Catcher nur überprüfen wollen, wer Gerald Berret war? Weil sie gestern bei den Berrets gewesen waren und der Mann sie dabei beobachtet hatte? Gehörte auch er zu der Miller-Callahan-Bande?

Als Amber zu den drei Jungen stieß – in gelben Gummistiefeln, roter Wollmütze und mit einer riesigen Taschenlampe, die man auch als Baseballschläger hätte verwenden können –, drückte sie Justus ein weißes Röhrchen in die Hand. »Hier, du Weichei. Von Grandpa.«

»So viele? Mir reicht doch eine.«

»Grandpa denkt eben dasselbe wie ich: Weichei.« Amber nahm Bob bei der Hand. »Komm, ich kenne eine Abkürzung.«

Der dritte Detektiv blieb stehen. »Amber. Du solltest wirklich nicht mitkommen. Es könnte gefährlich werden.«

»Ach, Quatsch! Gefährlich!«

»Doch, könnte es.«

Amber schluckte und blinzelte. »Du willst mich nicht dabeihaben. Du willst mich loswerden, stimmt's?«

»Nein, das ist es nicht. Aber ich … möchte auch nicht, dass dir etwas passiert.«

»Du hast Angst um mich?« Amber strahlte.
»Ja, also … ich meine, weißt du … ich …«
Sie holte ein schwarzes Schnappmesser aus ihrer Jackentasche und ließ es aufspringen. »Keine Sorge. Ich kann gut auf mich aufpassen! Komm jetzt!«
Bob ließ hilflos die Schultern sinken. Peter hob leicht eine Augenbraue und nickte in Ambers Richtung. Die drei liefen los. Justus war ebenfalls alles andere als glücklich, dass Amber mitkam. Aber was sollten sie tun? Er holte eine Tablette aus dem Röhrchen, schluckte sie trocken hinunter und trabte dann hinterher.
Die einsetzende Dunkelheit hatte ihre Vor- und ihre Nachteile. Der Vorteil war, dass sich die drei Detektive im Schutz der Finsternis freier bewegen konnten und nicht so leicht entdeckt wurden. Der Nachteil war, dass sie ihre Taschenlampen brauchen würden. Und die wiederum waren im Dunkeln weithin sichtbar.
In der Hinsicht erwies es sich tatsächlich als nützlich, dass Amber dabei war. Sie kannte sich sehr gut aus und führte die Jungen zwischen den Gärten von Silver Creek zu einem kleinen Pfad, der sich die Küstenklippen hinauf- und dann zwischen den zum Teil steil aufragenden Felsen hinab zum Strand schlängelte. Natürlich verpasste Amber dabei keine Gelegenheit, Bob bei der Hand zu nehmen, wenn der Weg beschwerlicher wurde. Aber immerhin kamen sie ohne Taschenlampen und in weniger als zwanzig Minuten am Little Dume Beach an.
Die Stimmung hier unten war beeindruckend und gespenstisch zugleich. Letzte Fasern eines rot leuchtenden Himmels

versanken weit draußen im Pazifik, das Meer rauschte geheimnisvoll, ein kühler Windhauch trug den Geruch von Salz, Stein und Fäulnis auf den Ozean hinaus. Fäulnis, die dem Moor entströmte. Ein Moor, in das sich die Jungen vorwagen mussten, wenn sie Ropes Hinweisen folgen wollten. Nachts. In dem Wissen, dass drei mysteriöse Männer womöglich das Gleiche vorhatten und sie in diesem Moment beobachteten.

Justus sah noch einmal zu den Küstenklippen hinauf. Die drei ??? hatten sich auf ihrem Weg zum Strand immer wieder umgeblickt. Doch sie hatten niemanden entdeckt, der ihnen folgte. Und auch jetzt schienen sie die Einzigen hier unten zu sein.

»Da vorne ist der Nasenfels«, flüsterte Bob.

»Nasenfels?«, echote Amber.

»Wie Bob schon sagte, wir müssen etwas überprüfen«, antwortete Justus unfreundlicher, als er wollte. Im Grunde hatte er ja nichts gegen Amber. Sie war eben ein wenig speziell. Und dreizehn. Und ihm selbst ging es immer noch nicht so besonders. Der Erste Detektiv holte die Skizze heraus, die er vor ihrem Aufbruch aus Ropes Büro noch ausgedruckt hatte, und lief zu dem Felsen.

»Und jetzt siebzig irgendwas nach Norden zum Pilz.« Peter sah zum Himmel und suchte den Polarstern. »Da ist Norden.« Er zeigte nach vorne.

»Zum Pilz?« Amber stapfte hinter Bob her. »Bobby?«

»Amber, wir müssen leise sein. Bitte.«

»Wieso denn? Hier ist doch niemand außer uns.«

Bob zögerte. »Das wird sich zeigen.«

»Wie … wie meinst du das?« Amber klang jetzt doch ein wenig unsicher.
»Ich sagte ja, dass das hier vielleicht problematisch werden könnte. Willst du nicht doch umkehren?«
Amber dachte einen Moment nach und schüttelte dann trotzig den Kopf. »Ich bleibe bei dir.«
Bob seufzte lautlos. In dem Augenblick blieb Peter vor ihm stehen. Hinter ihm waren undeutlich die Konturen eines großen Pilzschirms zu erkennen.
»Hier. Ein Fels in Pilzform.«
»Ich habe siebenundsiebzig Schritte gezählt«, sagte Justus. »Wenn ich sie ab jetzt ein bisschen größer mache, haben wir das Maß.«
Amber fragte diesmal nichts, drückte sich aber ein wenig näher an Bob.
»Okay, dann jetzt achtzig nach Osten.« Peter wandte sich nach rechts. »Geh du vor, Just. Aber pass auf. Irgendwann müsste es jetzt matschig werden.«
»Das Moor ist ein Stück weiter links«, sagte Amber leise.
Peter drehte sich verwundert zu ihr um. »O…kay. Danke.«
Justus ging voran und zählte seine Schritte mit, die er jetzt etwas länger zog. Doch er kam nur bis siebenunddreißig.
»Ach ja, der Zaun«, meinte Amber. »Der verläuft hier, richtig.«
Der Erste Detektiv streckte seine Hand aus. Ein massiver, circa zweieinhalb Meter hoher Drahtzaun. »Dann müssen wir da wohl rüber.«
»Unbefugtes Eindringen, Just!«, mahnte Peter.
»Ja, ich weiß. Aber hast du eine bessere Idee?«

»Das unbefugte Eindringen ist wahrscheinlich gar nicht so sehr das Problem«, meldete sich Amber zu Wort.

»Sondern?« Die drei ??? richteten ihre Blicke auf das Mädchen.

»Schweine.«

»Schweine?«, entfuhr es allen drei Jungen gleichzeitig.

»Schweine. Collins hält sich da drin angeblich Wildschweine. Und ich habe mal im Fernsehen gesehen, dass die alles andere als harmlos sind.«

»Hast du die schon einmal zu Gesicht bekommen?«, fragte Justus.

»Nein, aber gehört. Zwei oder drei Mal.«

»Das Geräusch gestern«, erinnerte sich Peter. »Das waren Schweine.«

Bob entdeckte ein paar Meter rechts von ihnen ein weißes Etwas am Zaun. Er lief hin und stellte fest, dass es noch so ein Schild war, wie sie gestern bereits eines bemerkt hatten. Ganz kurz knipste er seine Taschenlampe an.

»›Achtung! Frei laufende Tiere!‹«, vermeldete er tonlos. »*Das* steht unter ›Privatbesitz. Betreten verboten!‹.«

»Schweine!« Peter starrte durch den Zaun in die Finsternis dahinter. »Und jetzt?«

»Wenn wir die Spur weiterverfolgen wollen, müssen wir da rein.« Justus wischte sich über die Augen. Irgendetwas stimmte nicht mit ihm. Und die Zahnschmerzen wurden auch nicht besser. »Allerdings geht von Wildschweinen in der Tat eine nicht unbeträchtliche Gefahr aus. So ein kapitaler Eber kann einem Menschen den Garaus machen.«

»Aber die greifen doch nur an, wenn sie sich bedroht fühlen,

oder?« In Peters Kopf entstand das Bild eines Razorbacks, eines grunzenden Monstrums mit mächtigen Hauern.
»Weißt du, wann sich ein Wildschwein bedroht fühlt?«
»Vielleicht schlafen die Schweine ja?«, meinte Bob.
»Genau!«, pflichtete ihm Amber bei.
Der Erste Detektiv zögerte. »Wildschweine sind nachtaktiv und –«
»Schtt!«, machte Peter plötzlich. »Ruhe! Da! Seht!« Sein ausgestreckter Arm wies durch den Zaun.
Justus, Bob und Amber sahen sofort, was Peter meinte. Das Licht einer Taschenlampe! In einem leichten Auf und Ab bewegte es sich vorwärts, verschwand hinter Büschen, tauchte wieder auf, stieg höher, strahlte heller – und war plötzlich ganz weg.
»Da drin läuft jemand!«, flüsterte Bob.
»Wahrscheinlich dieser Collins«, sagte Justus.
»Collins ist uralt und geht am Stock«, widersprach Amber.
»Die Taschenlampe da ging nicht am Stock.«
Justus blickte sie erstaunt an. »Gut beobachtet.«
»Ich glaube, der Typ verschwand in einer Höhle.« Peter ging auf den Zaun zu. »Kurz bevor das Licht weg war, hatte ich den Eindruck, dass ich eine Felswand gesehen habe. Und einen scharfen Rand. Ich weiß nicht genau.«
»Noch dreiundvierzig Schritte.« Justus schätzte die Entfernung bis zu dem vermeintlichen Höhleneingang grob ab. »Das könnte hinkommen.«
Der Zweite Detektiv atmete tief durch. »Ich sehe mir das an, Kollegen. Ihr wartet hier. Bin gleich wieder zurück.«
»Okay«, sagte Justus. »Aber sei vorsichtig!«

Peter grunzte leise zur Antwort und begann dann, über den Zaun zu klettern. Justus, Bob und Amber hörten für ein paar Augenblicke noch, wie Blätter raschelten und Äste knackten, dann war es still.
Zwei Minuten später tauchte Peter wieder auf der anderen Seite des Zauns auf. »Ich hatte recht. Eine Höhle. Nach fünfundvierzig Schritten. Und wisst ihr, was ich am Eingang der Höhle gefunden habe?« Er streckte seine Hand aus und leuchtete mit der Taschenlampe auf die Handfläche. »Das hier!«
»Die Samenkapseln!«, stieß Bob hervor.
»Genau! Sträucher mit dem Zeug wachsen da oben in Mengen. Wir sind hier richtig, Kollegen. Kommt rein!«
»Und die Schweine?«, fragte Amber verhalten.
»Keine Spur von Schnitzel und Co. Und auch sonst ist die Luft rein. Also, worauf wartet ihr?«
Bob und Amber kletterten nacheinander über den Zaun und waren im Nu auf der anderen Seite. Justus hingegen hatte seine Probleme. Und das lag nicht nur daran, dass er eben nicht sonderlich sportlich war.
»Ich fühle mich überhaupt nicht gut. So matt und kraftlos.«
»Willst du hier warten?«, fragte Bob durch die Maschen.
»Nein, natürlich nicht.« Justus startete einen neuen Anlauf und schaffte es mit einiger Mühe schließlich auch über den Zaun.
Peter dirigierte die kleine Gruppe vorbei an Büschen und Bäumen zu einem kleinen Anstieg. Er sprang die Felsen hinauf, half Amber hoch und wartete auf Bob.
Dann erstarrten alle. Ein Grunzen! Ganz nah!

Marsch durch die Finsternis

»Oh Gott! Beeilt euch!«, presste Peter heiser hervor.
»Bobby! Schnell!«
Laub raschelte, etwas galoppierte über den Boden, dem Grunzen folgte ein Quieken. Und noch ein anderes, raueres Grunzen. Bob stand schon an dem kleinen Felshang, drehte sich jedoch um. Justus war nicht zu sehen.
»Just! Wo bist du?«, zischte der dritte Detektiv.
»Hier! Ich – ah!«, keuchte Justus. »Hilfe! Ich bin … aber, was ist –«
Peter sprang die Anhöhe hinab. Zusammen mit Bob hastete er den Weg zurück. Sie ließen ihre Taschenlampen aufleuchten. Nach wenigen Metern hatten sie ihren Freund gefunden.
»Das … glaub ich jetzt nicht.« Bob ließ die Lampe sinken.
»Was … ist das?« Auch Peter war völlig verblüfft.
Der Erste Detektiv saß am Boden. Um ihn herum tollten drei dicke, schwarzhaarige, knuffige Schweinchen, die ihn immer wieder beschnupperten und anstupsten und sich sichtlich über den unerwarteten Besuch freuten. »Asiatische Miniwildschweine, wenn ich mich nicht irre. Ein bisschen stürmisch, aber süß, nicht wahr?«
»Freunde fürs Leben, oder?« Peter ging in die Hocke und sofort kam eines der Schweinchen angeflitzt.
Bob fing an zu lachen. »Justus, der Schweineflüsterer!«
»Seid leise! Und helft mir hoch!«
Kurz darauf standen die drei Detektive neben Amber auf der

kleinen Anhöhe. Auf ihre Fragen, was denn los war, reagierten sie zurückhaltend. Sie wüssten es nicht genau. Justus sei aber vermutlich einem der Monster gerade noch entkommen. Dass Peter und Bob dabei über beide Backen grinsten, entging ihr in der Dunkelheit.

Der Höhleneingang war groß genug, um aufrecht darin stehen zu können, und so breit, dass ein Kleinwagen hindurchgepasst hätte. Aufschlussreich waren jedoch vor allem die vielen Schuhabdrücke, die ein kurzes Aufleuchten von Bobs Taschenlampe im sandigen Untergrund preisgab.

»Scheint sehr frequentiert zu sein«, meinte Justus.

»Bitte?«

»Leute gehen oft rein und raus«, informierte Amber Peter.

»Exakt.« Der Erste Detektiv nickte ihr anerkennend zu.

»Runners-Abdrücke sehe ich aber nicht«, murrte der Zweite Detektiv.

»Ich auch nicht«, stimmte ihm Justus zu.

»Okay, und jetzt?« Bob deutete auf die Skizze in Justus' Hand.

»Mal sehen.« Der Erste Detektiv begab sich neben den Höhleneingang, knipste die Taschenlampe an und versuchte, den Lichtkreis so klein wie möglich zu halten. »Dreißig Schritte geradeaus, dann zwölf nach rechts, siebzehn scharf nach links, vierunddreißig nach rechts und dann noch einmal zwei nach rechts.«

»Und was ist da?«, fragte Amber.

»Wird sich zeigen. Aber in jedem Fall müssen wir uns ab jetzt absolut ruhig verhalten und höchste Aufmerksamkeit walten lassen. Wer immer da vor uns reingegangen ist, kann jederzeit zurückkehren.«

»Am besten, wir halten unterwegs Ausschau nach möglichen Verstecken«, schlug Bob vor. »Falls wir uns schnell unsichtbar machen müssen.«

»Wir werden selbst nicht allzu viel sehen.« Justus straffte sich. Was war nur mit ihm los? Wenn die Schmerzen nicht gewesen wären, hätte er sich auf der Stelle hinlegen und einschlafen können. Er riss sich zusammen. »Also los!«

Kaum dass der Felsengang die kleine Gruppe umhüllte, veränderte sich die Atmosphäre. Die frische Nachtluft wich einem feuchten, leicht modrigen Geruch. Es wurde kühler und totenstill bis auf ein feines Keuchen. Der Wind verfing sich irgendwo in einer Ritze über ihnen. Peter musste an die Leiche unter dem Laken denken. Vielleicht hatten so die letzten Atemzüge des alten Mannes geklungen.

Justus schaltete nur ab und zu seine Lampe ein. Immer grade so lange, dass er die nächsten Schritte in der Dunkelheit abschätzen konnte. Das Licht durchgehend leuchten zu lassen, wäre zu riskant gewesen.

Peter, Bob und Amber hatten daher einige Mühe, dem Ersten Detektiv zu folgen. Die Hände weit von sich gestreckt und mehr schlurfend als gehend, drangen sie hinter Justus tiefer in die Höhle vor. Einmal stolperte Amber über einen Stein. Bob half ihr beim Aufstehen, und von da an ließ sie seine Hand nicht mehr los.

»Dreißig«, raunte Justus. Er drehte sich ein Stück nach rechts und machte das Licht an. Ein Abzweig war zu erkennen, ein weiterer, geräumiger Gang.

»Die meisten Fußspuren verlaufen ebenfalls nach rechts«, erkannte Bob.

»Da sind auch Reifenspuren.« Peter deutete zu Boden. »Schmale Reifen. Hier wurde irgendetwas rein- oder rausgefahren.«

»Gehen wir weiter.« Justus schaltete das Licht wieder aus. Plötzlich hörten sie ein Geräusch! Ein Stein war über den Boden gerollt und gegen einen anderen geschlagen. Hinter ihnen! Amber wollte etwas sagen, aber Bob hielt ihr sofort die Hand auf den Mund.

»Keinen Mucks!«, zischte er ihr ins Ohr und registrierte dabei, wie sie zitterte. »Vielleicht war es nur ein Tier.«

Bob spürte, wie sich Justus' Hand auf seine Schulter legte und dort blieb. Er verstand und tastete seinerseits nach Peter. So verbunden schlichen sie weiter voran. Nach wenigen Metern wandte sich Justus scharf nach links, diesmal ohne das Licht anzumachen. Peter schrammte mit seinem Arm gegen eine Wand, aber dann fand auch er in der Finsternis in den neuen Stollen.

»Sechzehn, siebzehn.« Der Erste Detektiv blieb stehen und lauschte. Aber außer dem Pochen seines Herzens hörte er nichts.

»Scheint alles klar zu sein«, flüsterte Bob.

Justus kniete sich hin, positionierte das Glas der Taschenlampe wenige Zentimeter über dem Boden und schaltete sie ein. Der Strahl erzeugte nur eine kleine Lichtkuppel, die gerade ausreichte, um die nächste Gabelung erkennen zu können. Sie mussten erneut nach rechts. Noch vierunddreißig Schritte, dann waren sie so gut wie da. Justus wollte sich wieder erheben, aber seine Knie gaben nach. Er fühlte sich so schwach, so unendlich schwach.

»Just!«
»Alles klar.« Mühsam hievte sich der Erste Detektiv auf die Beine.
»Dir geht's doch nicht gut!«
»Doch, doch. Weiter.«
Irgendetwas wurde jetzt anders. Bob nahm zuerst diesen Geruch wahr. Nach … Benzin. Und Farbe. Wieso roch es hier auf einmal nach Benzin und Farbe? Außerdem war es unmerklich wärmer geworden. Oder bildete er sich das nur ein? War nur ihm wärmer geworden?
Stimmen! Plötzlich waren da Stimmen! Sie kamen vom Eingang der Höhle. Und weiter vorne ging auf einmal ein Licht an, weißes Licht, das auch ihren Gang in einen fahlen Dämmerschein tauchte!
»Vierunddreißig!« Justus sah sich hektisch um. Noch zwei Schritte nach rechts. Was war rechts? Eine Nische! Eine kleine Öffnung im Felsen! Das Licht ging wieder aus. »Hier rein!« Er riss Bob mit sich, der Amber und Peter hinterherzog.
»Da war Licht!« Der dritte Detektiv drängte sich an Justus vorbei, damit sie alle Platz in der Nische hatten.
»Was stinkt denn hier so?«, ächzte Peter. Irgendetwas lag am Boden, das knisterte und knackte, wenn er draufstieg.
»Seid leise!«
»Bobby!« Amber schob sich ebenfalls an Justus vorbei.
»Igitt!« Etwas unter Peters Sohlen schmatzte, wenn er den Fuß hob.
»Schtt!«
Die Stimmen kamen näher. Zwei Männer, die sich mitein-

ander unterhielten. Dann tanzten die Strahlen zweier Taschenlampen über die Wände. Der Gestank in der Nische war wirklich unerträglich. Bob hatte das Gefühl, in einer Abfalltonne zu stehen.

»Das ist Callahan!« Justus erkannte eine der Stimmen ganz deutlich wieder.

»Du hast recht!« Peter hatte den Mann nur einmal sprechen hören. Im Kellerflur vor der Leichenkammer. Aber die Stimme hatte sich auch ihm tief ins Gedächtnis gebrannt.

Das Licht der Taschenlampen wurde heller und huschte auch an der Felsnische vorbei. Peter drückte sich so weit wie möglich nach hinten und schob Justus gegen Amber, die Bob weiter in die Spalte drängte. Der dritte Detektiv machte einen Schritt nach hinten, stieß aber plötzlich mit dem Fuß gegen einen Felsbrocken und verlor das Gleichgewicht. Gerade noch konnte er sich an der Wand abfangen und kam auf dem Felsbrocken zum Sitzen.

In dem Moment erkannte Peter im blassen Licht, was da unter seinen Schuhen geschmatzt hatte. »Spaghetti!«

Justus sah nach unten. Verschwommen konnte er eine schmierige Pfütze ausmachen, in der einzelne Spaghetti schwammen. Wieso lagen hier Spaghetti auf dem Boden? Und wieso verschwamm alles vor seinen Augen? Weil es so fürchterlich stank? Justus kam es vor, als würde er gleich ohnmächtig werden.

Die Männer gingen zielstrebig an der Nische vorbei. Es waren Callahan und der Catcher. Amber ließ sich zitternd auf Bobs Schoß fallen. Um nicht nach hinten zu kippen, musste er sich mit beiden Händen auf dem Felsen abstützen.

Aber … das war gar kein Felsen, auf dem er saß. Er spürte … Holz unter seinen Fingern. Rissiges Holz. Und Metall. Metallbeschläge.
»Bloß raus hier!« Kaum waren die beiden Männer um die nächste Biegung verschwunden, stolperte Peter aus der Nische. »Da drin liegt Müll! Haufenweise Müll! Bah! Wieso, zum Teufel, liegt da Müll? Iiiihh, ist das eklig!«
Justus torkelte nach draußen. »War … das … Calla…han?« Er sprach unendlich langsam.
»Ja, klar war das Callahan!« Peter spürte, wie es feucht in seinen Schuhen wurde. »Leute, ich habe Soße zwischen den Zehen!«
»Kollegen!« Bob kam als Letzter aus der Nische. »Kollegen! Da drin steht eine –«
Der Lichtstrahl traf die drei Jungen und Amber wie eine Gewehrkugel. Sie rissen die Arme nach oben und pressten die Augenlider aufeinander.
»Na, hallo!« Eine Stimme, die sie nicht kannten. Eine Männerstimme. »Ich würde sagen, die Soße zwischen den Zehen ist bald dein kleinstes Problem.«
Es klickte. Der Hahn einer Pistole wurde gespannt.

Justus schafft es nicht

Der Mann trieb die drei ??? und Amber vor sich her. Er war Soldat. Oder zumindest trug er eine Uniform. Peter und Bob versuchten, Augenkontakt mit Justus aufzunehmen. Doch der Erste Detektiv wirkte völlig apathisch. Er taumelte vor sich hin, sah nicht nach links oder rechts, konnte kaum die Augen offen halten. Was war nur los mit ihm?
Weiter vorne flammte das weiße Licht wieder auf und ein Generator sprang an. Bob konnte jetzt drei Stimmen vernehmen, die dort vorne miteinander sprachen. Sehr aufgeregt sprachen. Es war eher ein Schreien. War das Miller? Schrie da Miller? Bob sah Peter an. Auch er schien die Stimme wiedererkannt zu haben. Dann führte sie der Soldat um die nächste Biegung.
Den beiden Jungen und Amber gingen die Augen über vor Staunen. Apparate, Geräte und Maschinen. Große Bögen Papier, Behälter mit Farbe, ein Schneidetisch, etliche Baustrahler, ein Generator, Benzinkanister. Und Unmengen von Geld.
»Eine … Fälscherwerkstatt!« Peter war fassungslos.
»Geldfälscher?«, hauchte Amber.
»Der … Cent«, stammelte Bob.
Peter nickte wortlos.
Justus hob kurz den Kopf. Doch Bob hatte nicht den Eindruck, dass sein Freund verstand, was er da sah. Er machte sich große Sorgen. Lange würde Justus nicht mehr durchhalten.

»Da rüber!« Der Soldat stieß sie grob vorwärts. »Stew, Butch! Seht mal, was ich euch mitgebracht habe!«
Callahan und der Catcher, die über eine der Maschinen gebeugt standen, drehten sich um. Der Catcher zeigte ein erstauntes Gesicht, aber Callahan lachte dreckig.
»Tja, so sieht man sich wieder!«
»Die Weichbirnen standen auf einmal mitten im Gang. Wohl doch nicht so die Superdetektive, hä?« Der Soldat rammte Peter die Pistole in den Rücken und gackerte.
»Auf uns wartete auch schon netter Besuch.« Callahan deutete mit dem Kopf nach links.
»Hä? Wer denn?«
»Keine Ahnung, irgend so ein Schnüffler. Hilf Nat mit den Pappnasen, Butch.«
Der Catcher kam zu ihnen, und er und der Soldat stießen sie weiter, vorbei an einer klobigen Druckmaschine in eine kleine Kaverne. Darin befand sich ein großer, schwerer Metalltisch, auf dem schmutzige Teller, ein paar leere Gläser und eine Flasche mit einer öligen, braunen Flüssigkeit standen. An eines der Tischbeine hatten die Ganoven einen Mann gefesselt.
»Miller!«, entfuhr es Peter.
»Hä?« Das schien Nats Lieblingswort zu sein. »Miller? Was quatschst du da? Kennst du die Saftnase?«
Die drei Jungen und Amber wurden ebenfalls zu Boden gezwungen und gefesselt. Jeder an ein Tischbein. Bob und Amber teilten sich eines.
»Und jetzt verhaltet ihr euch friedlich, bis wir hier fertig sind, klar?«, raunzte sie Nat an. »Wenn ihr schön brav seid,

machen wir danach auch einen kleinen Ausflug, hehe. Das heißt, den macht dann nur ihr, he. Euren letzten. Hehehe.«
Peter, Bob und Amber sahen den beiden Männern voller Entsetzen hinterher. Was hatten sie mit ihnen vor?
»Euer Freund sieht nicht gut aus.« Miller deutete mit dem Kopf zu Justus. »Was hat er?«
»Wissen wir auch nicht. Just?« Bob drehte sich so, dass er den Ersten Detektiv mit dem Fuß anstoßen konnte. »Just?«
»Was? Wer?« Justus sah sich benommen um. »So hell hier. Durst. … bin ich?«
»Justus! Wir sind bei dir!«, flüsterte Peter. »Just! Wir brauchen dich! Hörst du! Was sollen wir tun?«
»Nicht viel, fürchte ich.« Miller zuckte die Achseln.
Bob sah ihn erbost an. »Wer sind Sie eigentlich? Was machen Sie hier? Und kommen Sie uns jetzt nicht mit John Miller oder neuen Lügen.«
Der Mann lächelte bitter. »Ich heiße Lewin Geriwell. Und ich bin aus demselben Grund wie ihr hier. Wegen des Schatzes.«
»Schatz?«, fuhr ihn Peter an. »Wir sind wegen Rope hier.«
Die Gauner fingen damit an, etwas zu verladen. Mit lautem Gepolter landeten Dinge in metallenen Behältern.
»Ja, ja. Rope war auch hinter dem Schatz her. Ihr wisst schon: siebzig nach Norden, dann achtzig nach Osten. Mehr habt ihr mir leider nicht verraten. Aber von der Höhle wusste ich schon vorher, und von dem Pilz sind es ziemlich genau achtzig Schritte zu ihrem Eingang. Also dachte ich, ich schau mich hier drin mal genauer um. Dummerweise haben mich dabei die beiden Galgenvögel überrascht.«

»Sind Sie auch Wissenschaftler?« Bob guckte immer noch grimmig.
»Ich Wissenschaftler? Nein. Ich bin Schatzjäger. Und bisher ziemlich erfolgreich. Aber wie es aussieht, wird sich das ab heute schlagartig ändern. Die drei Knilche –«
In diesem Augenblick kippte Justus um. Er fiel einfach zur Seite, blieb jedoch wegen seiner Fesseln in merkwürdig verdrehter Haltung auf halbem Weg zum Boden hängen. Sein Gewicht brachte den Tisch zum Wackeln, die Flasche darauf stürzte um, rollte über die Tischplatte und landete in Ambers Schoß. Justus sackte noch ein paar Zentimeter zur Seite. Dabei rutschte ihm das Tablettenröhrchen aus der Tasche und kullerte vor Bobs Füße.
»Just?« Peter starrte seinen Freund an. »Just! Oh Gott!«
Der Erste Detektiv antwortete mit einem Schnarchen. Die drei Fälscher waren immer noch lautstark zugange und hatten von alldem offensichtlich nichts mitbekommen.
Plötzlich entfuhr Bobs Kehle ein erstickter Laut. Er glotzte auf das Röhrchen vor seinen Füßen. »Dormoben! Schlaftabletten!«
»Was?« Amber sah ebenfalls zu dem Röhrchen. »Oh nein! Oh Mann! Grandpa! Du Dussel! Das war das falsche Röhrchen!«
Peter drehte den Kopf. »Justus schläft? Er pennt? Aber … wir brauchen ihn! Wir brauchen sein Superhirn! Wer, wenn nicht er, soll uns hier rausbringen. Just! Wach auf!«
»Grandpa nimmt nur eine halbe davon und schläft die ganze Nacht wie ein Baby«, sagte Amber und klang dabei genauso verzweifelt wie Peter.

»Wenigstens bekommt er nichts mit«, frotzelte Geriwell.
»Denk nach, Zweiter, denk nach!« Bob schloss die Augen. »Wie würde Justus denken? Was würde er tun?«
»Keine Ahnung!« Peters Stimme überschlug sich. »Ich bin nicht Justus! Das ist ja mein Problem! Just würde … was weiß ich … nur mit seinem Schnürsenkel und einem Taschenmesser aus dem Tisch hier einen Hubschrauber basteln und uns aus der Höhle fliegen.«
Das Gepolter hörte auf. Die Männer waren offenbar fertig mit dem Verladen. Gedämpft waren ihre Stimmen zu vernehmen.
»Wir kommen hier nicht raus«, sagte Geriwell. »Vergesst es. Aber vielleicht kommen wir an den Fusel da ran. Jeder noch einen Schluck guten Whisky zum Abschied, was meint ihr? Versuch's mal, Kleine, ob du die Flasche irgendwie aufbekommst.«
»Saufnase!«, zischte ihm Amber zu.
Der dritte Detektiv hielt auf einmal die Luft an. Die Idee war ihm so unvermittelt gekommen, dass er für einen Moment vergessen hatte zu atmen. »Amber, kannst du noch ein Stück näher zu mir rücken und dich ein wenig drehen, sodass deine rechte Seite neben meinen Händen ist?«
»Na…natürlich, Bobby.«
Geriwell lachte leise. »Auch 'ne Alternative. Noch ein bisschen nett sein zueinander, bevor's zu Ende geht. Viel Spaß, ihr zwei.«
»Denken Sie, was Sie wollen«, knurrte Bob. »Amber, versuch's mal.«
Amber richtete sich ein wenig auf, zog ihre Beine an und

drehte sich in die Position, die ihr der dritte Detektiv genannt hatte. Es war sehr mühsam und die Fesseln schnitten ihr tief in die Handgelenke, aber sie schaffte es.
»Geh noch ein bisschen runter … ja so.« Bob versuchte, mit den Fingern in ihre rechte Jackentasche zu greifen. »Da hast du dein Messer reingetan, nicht wahr?«
Amber sah ihn aus großen Augen an. »Ja! Das ist da drin!«
»Das Messer!«, flüsterte Peter. »Genial, Dritter!«
»Und dann?« Geriwell machte eine gelangweilte Miene. »Schnitzt uns Django den Weg frei, oder was? Die Kerle haben Knarren, schon vergessen?«
»Abwarten.« Bob konnte das Messer spüren. Nur noch ein paar Millimeter, dann hatte er es.
Auf einmal kam Callahan um die Ecke. »So, ihr Süßen. Noch ein klein wenig Geduld, dann geht es los.«
»Was haben Sie vor?«, zog Peter die Aufmerksamkeit auf sich.
Callahan legte den Finger an die Lippen. »Mal sehen. Hm, ich kenne da einen wunderschönen Abhang. Wenn da ein Auto wegen eines bedauerlichen Reifenschadens hinunterrauscht, habe ich für die Insassen wenig Hoffnung.«
Ein lautes Schnarchen ertönte. Justus schlief tief und selig.
»Na, da hat aber einer die Ruhe weg«, amüsierte sich Callahan.
»Aber das können Sie nicht tun!« Peter ruckelte an seinen Fesseln.
»Oh doch, das kann ich!« Callahan wurde wieder ernst. »Ihr Klugscheißer vermasselt uns nicht die Tour. Und falls Rope doch wieder zu Sinnen kommt, haben wir hier drin längst

reinen Tisch gemacht. In drei Minuten ist Abfahrt!« Callahan stutzte. »Wie kommt die denn dahin?« Verwundert deutete er auf die Whiskyflasche neben Amber. Er hob sie auf und stellte sie zurück auf den Tisch. »Keinen Blödsinn machen, ja? Das feine Zeug ist nur für uns.« Callahan wieherte schadenfroh und kehrte zu seinen Kumpanen zurück.
»Das wollen wir auch hoffen«, murmelte Bob. Dann endlich bekam er das Messer zu fassen. Er holte es aus der Tasche, ließ es aufschnappen und drehte es um. »Peter, kannst du mir sagen, wie ich die Klinge führen muss? Siehst du dahin?« Der Zweite Detektiv drehte den Kopf, so weit er konnte. »Ja. Etwas tiefer … nach rechts … jetzt, gut so.«
Bob begann zu schneiden. Er schob die Klinge hin und her, konnte aber in seiner Haltung kaum Druck ausüben. Ihm tat ohnehin schon alles weh. Die Sekunden verrannen. Und Bob hatte nicht das Gefühl, dass das Messer irgendetwas bewirkte. »Da tut sich nichts!«
»Doch, mehr als die Hälfte hast du schon!«
»Bobby, die kommen gleich!«
»Ja doch, ich weiß!«
»Und dann?«, fragte Peter aufgewühlt. »Was dann?«
»Dann werde ich die –«
»So, ihr Lieben.« Callahan war zurück! »Dann erlösen wir euch mal von euren Qualen.«
Bobs Fesseln gaben nach.

Die Goldprobe

Nader Rope wachte am nächsten Tag aus dem Koma auf, und am darauffolgenden Morgen durften ihn die drei ??? für eine halbe Stunde im Saint-Michael's-Krankenhaus besuchen. Bob überreichte ihm feierlich eine ihrer Visitenkarten, von Peter bekam Rope ein von den Jungen eigenhändig verpacktes Geschenk, das er jedoch erst später öffnen sollte, und Justus hatte ihm Kirschkuchen mitgebracht, den Rope allerdings noch nicht essen durfte. Das Gebäck fand dennoch Verwendung. Peter organisierte drei Teller und drei Gabeln, zog drei Tüten Vanillemilch aus einem Automaten, und mit Ropes Einverständnis machten sich die Jungen genüsslich über das Backwerk her, während sie von den Ereignissen der letzten Tage berichteten.

»Also jetzt noch mal langsam.« Nader Rope rückte sich sein Kopfkissen zurecht. »Collins kehrte noch einmal um, weil ihn dieser Butch brauchte. Und bis er zurückkam, hattest du Schlaftabletten in die Flasche und das Glas gekippt?«

Der dritte Detektiv nickte. »Genau. Zum Glück haben sich alle drei wie erhofft einen Abschiedsdrink genehmigt. Bis wir an ihrem Auto waren, wankten sie schon bedenklich. Nat und Butch schliefen nach ein paar Minuten ein und Collins fuhr kurz darauf in den Straßengraben. Die Polizei musste sie nur noch einsammeln.« Bob grinste zufrieden.

»Und sie danach in die Notaufnahme bringen«, ergänzte Peter, der immer noch nicht wusste, ob er die Sache lustig oder bedenklich finden sollte. »Ihnen musste der Magen ausgepumpt werden, weil Bob das ganze Röhrchen reingekippt hatte.«

»Aber wie hast du das mit den Fesseln gelöst?«, fragte Rope. »Die müssen doch gesehen haben, dass deine Fesseln durchtrennt waren, als sie dich losbinden wollten?«

»Ich tat so, als wollte ich türmen«, erwiderte Bob. »Und ließ mich brav wieder einfangen.«

Nader Rope schüttelte fassungslos den Kopf. »Genial, einfach nur genial!«

Justus schaute grimmig auf seinen Teller und schob sich eine große Gabel Kuchen in den Mund. Er konnte zu alldem gar nichts sagen, weil er erst am nächsten Morgen in seinem Bett aufgewacht war. Wenigstens konnte er nach dem gestrigen Besuch bei Dr. Preston wieder nach Herzenslust kauen und essen. Der Zahn war repariert, der Nerv noch in Ordnung.

Bis der Erste Detektiv wieder einsatzbereit war, hatten Peter und Bob bereits erfahren, dass Stewart Collins alias Callahan der Kopf der Bande war. Und der Neffe des alten Neville. In der Höhle auf dem Grundstück seines Onkels – der keine Ahnung gehabt hatte, was dort vor sich ging – hatte er eine äußerst professionelle Fälscherwerkstatt eingerichtet. Er kannte den Ort seit Kindertagen, die Höhle war groß genug, abgeschieden und, da auf Privatbesitz gelegen, für unerwünschte Besucher eigentlich unzugänglich. Collins hatte sich die nötigen Maschinen und Geräte organisiert, einen Stromgenerator aufgestellt, das richtige Papier, Farbe und alles andere besorgt. Den Peilsender an Justus' Jacke allerdings hatte Nat aus Armeebeständen beigesteuert.

Von Nader Rope erfuhren die Jungen, was sie über seinen

Teil der Geschichte noch nicht wussten, zum Teil allerdings schon erahnt hatten: dass er bei seiner Suche nach dem Schatz der Santa Catalina auf die Fälscherwerkstatt gestoßen war; dass ihn die Bande dabei offenbar bemerkt hatte, ohne dass ihm das aufgefallen war; dass Collins ihm gefolgt war und seinen Trailer angezündet hatte – mit ihm drin; dass er den Flammen und dem Geldfälscher gerade noch hatte entkommen können; dass er zwei Passanten um Hilfe angefleht hatte, die ihn aber nur doof angeglotzt hätten. Und dass er irgendwann realisiert hatte, dass ihn seine kopflose Flucht am Schrottplatz vorbeiführen würde.

»Da hatte ich den Gedankenblitz«, sagte Rope. »Ich hatte schon so viel über euch in der Zeitung gelesen. Und ich dachte, ihr seid meine letzte Hoffnung. Ich musste euch irgendwie Hinweise zukommen lassen. Damit ihr die Typen findet und so vielleicht auch mich, wenn sie mich schnappen sollten. Das mit der Dose und ihrem Inhalt war reine Eingebung. Verzweifelte Gedanken in einer verzweifelten Situation.«

»Sehr clevere Gedanken«, merkte Justus an.

»Nein, nein!«, wehrte Rope ab. »Clever wart ihr! Dass ihr diese Hinweise tatsächlich entschlüsseln konntet! Ich hatte schon Zweifel, ob ihr überhaupt die Dose findet.«

Bob stellte seine Vanillemilch auf Ropes Nachttisch ab. »Aber was ich nicht ganz verstehe – wieso haben Sie nicht sofort die Polizei alarmiert, nachdem Sie die Gauner entdeckt hatten? Auf dem Rückweg nach Rocky Beach zum Beispiel, bevor Collins Sie im Trailer erwischt hat?«

Rope machte ein zerknirschtes Gesicht. »Das war dämlich,

sehr dämlich. Und ich wollte ja aus dem Auto anrufen. Aber dann wurde mir klar, dass ich auf Privatbesitz vorgedrungen war und selbst Ärger bekommen würde. Und als ich dachte, dass das egal ist, stellte ich mir vor, was passieren würde, wenn das alles in die Zeitung kommt. *Polizei hebt Fälscherhöhle am Little Dume Beach aus. Ozeanograf Nader R. als Hobbydetektiv.* Oder so. Geriwell hätte sofort eins und eins zusammengezählt und sich den Schatz unter den Nagel gerissen. Und als mir auch das egal war, war es zu spät. Übrigens ...«, Rope beugte sich nach vorne, »... wisst ihr, ob sich die Nische noch auf Collins' Grundstück befindet? Ich konnte das damals nicht mehr in Erfahrung bringen.«

»Sie liegt auf seinem Grundstück.« Justus lächelte. »Aber um die Schandtaten seines Neffen wenigstens halbwegs wiedergutzumachen, hat sich Neville Collins entschlossen, alles dem Staat Kalifornien zu überlassen, was sich darin findet.«

»Echt? Super! Fantastisch!« Rope sah erwartungsvoll von einem zum anderen. »Und jetzt spannt mich nicht länger auf die Folter! Was war in der Nische?«

Bob sah auf das eingewickelte Päckchen. »Gleich. Wenn möglich, würden wir vorher gerne noch die anderen offenen Fragen klären.«

Rope stöhnte auf. »Ihr macht mich fertig! Also schießt los!«

»Wie kam Geriwell auf Sie?«

Rope zuckte die Achseln. »Über Leute, die Leute kennen, die Leute kennen. Nachdem ich Segadors Brief entdeckt hatte, habe ich ein wenig rumgefragt. Und irgendwer hat dann Geriwell davon erzählt, dass da jemand die Santa Catalina erwähnt hat.«

»Und Geriwell als professionellem Schatzjäger war das Schiff natürlich längst ein Begriff«, verstand Justus. »Er wusste, was sie geladen hatte und wie wertvoll diese Ladung war, hatte jedoch keine Ahnung, wo sie untergegangen war. Bis Sie auftauchten.«
»Genau. Und von da an klebte er mir am Bein wie Kaugummi unterm Schuh.« Rope lachte. »Deswegen musste ich auch immer höllisch aufpassen, ob mir Geriwell nicht folgt, und konnte erst vor ein paar Tagen in die Höhle, um intensiver nach dem Schatz zu suchen.«
»Hat er Ihnen nicht angeboten, gemeinsame Sache zu machen?«, überlegte Justus.
»Doch. Aber das interessierte mich nie«, erwiderte Rope mit Nachdruck. »Der Fund der Santa Catalina ist eine Sensation, die der Öffentlichkeit zugänglich gemacht werden muss.«
»Aber warum hat Geriwell dann eigentlich uns beobachtet?«, wunderte sich Bob. »Ich meine, wir haben ihm gesagt, dass wir den Anhänger von unserem Lehrer haben. Und mehr wusste er nicht von uns.«
Rope lachte trocken. »Geriwell ist Profi genug, um mit einem Blick auf den Anhänger zu wissen, dass ein Lehrer euch damit nie und nimmer so einfach losziehen ließe. Es sei denn, ein sehr dämlicher Lehrer. *Ihr* mit *dem* Anhänger vor *meiner* Tür? Da schrillten bei ihm alle Alarmglocken auf einmal.«
»Aber angefahren hat Sie Collins, oder?« Peter sah zum Kuchen. Ein Stück würde er sich noch gönnen.
»Nein, irgendjemand. Ich glaube, es war eine ältere Frau, ich weiß es nicht. Ab da weiß ich gar nichts mehr.«

Während die drei ??? überlegten, ob ihnen noch irgendetwas unklar war, kam eine Krankenschwester ins Zimmer und überprüfte bei Nader Rope Puls und Blutdruck. Als sie wieder ging, fiel Peter noch etwas ein.
»Just, hast du Tante Mathilda schon gesagt, dass Collins ihr den falschen Fuffi untergejubelt hat, als er die Marmorplatte bezahlt hat?«
»Ja.«
»Und? Wie hat sie reagiert?«
»Sie hat gesagt, dass sie trotzdem nie mehr bei diesem Bordy einkaufen würde. Und hinter dem unscheinbaren Demonstrativpronomen *diesem* verschanzte sich, ihrer Betonung nach zu urteilen, ein ganzes Heer von Schimpfwörtern.«
Peter und Bob lachten. Dann jedoch nahm die Miene des dritten Detektivs einen eher trübseligen Ausdruck an.
»Okay, Leute.« Bob erhob sich. »Ich muss dann mal.«
»Dein Date mit Amber?«, fragte Peter.
Der dritte Detektiv nickte.
»Finde ich übrigens sehr anständig von dir, dass du ihr das nicht am Telefon oder per Mail sagst.«
Bob seufzte schwer. »Ich hoffe nur, dass sie das auch so sieht und ich in einem Stück aus der Sache rauskomme.«
»Moment mal, du kannst jetzt nicht gehen!«, protestierte Rope. »Das Wichtigste weiß ich noch gar nicht und ich platze fast vor Neugier!«
Bob deutete auf seine Freunde. »Das machen die beiden. Ich muss jetzt wirklich los. Sonst habe ich schon schlechte Karten, bevor ich das erste Wort gesagt habe.«
Der dritte Detektiv verabschiedete sich und verließ das

Krankenzimmer. Als die Tür zu war, sah Rope unverwandt Justus und Peter an.
»Und? Raus mit Sprache! Habt ihr was gefunden? Ich stand schon vor der Nische, als ich die Kerle hinten rumhantieren hörte und nachgesehen habe, was da los ist. Und danach – na, das wisst ihr ja.«
»Spaghetti mit Tomatensoße«, antwortete Peter.
»Was?«, fragte Rope verdattert.
»In der Nische waren Spaghetti mit Tomatensoße.«
Bevor Ropes Unterkiefer noch weiter nach unten sank, ergriff Justus das Wort. »Was Peter damit sagen will, ist, dass die Ganoven die Nische als Abfallschacht benutzt haben. Was die Sache für uns zwar äußerst unangenehm machte, jedoch den Vorteil hatte, dass sie nicht bemerkt haben, was ganz hinten in der Nische stand.«
»Nämlich?« Rope saß kerzengerade in seinem Bett.
Peter ließ gemeinerweise noch zwei Sekunden verstreichen, bevor er antwortete. »Eine Kiste. Eine Holzkiste. Eine sehr alte Holzkiste.«
Rope riss den Mund auf, Augen und Gesicht erstrahlten in gespannter Begeisterung. »Ich hatte recht, oder? Hatte ich doch, nicht wahr? Sagt schon!«
Peter überreichte ihm das Päckchen. »Sehen Sie selbst nach. Wir haben Ihnen einen Gegenstand aus der Kiste mitgebracht. Einen von vielen.«
Rope zog das Päckchen an sich und riss es ungeduldig auf. Eine Schachtel kam zum Vorschein. Er zögerte einen Moment, dann öffnete er den Deckel.
»Ich werd verrückt!«, stieß er heiser hervor und holte eine

untertellergroße, goldglänzende Sonne aus der Schachtel. »Das ist ja … wunderschön … unfassbar. Oh mein Gott!«
»Das Geschenk für die Königin«, sagte Justus zufrieden. »Die Santa Catalina hatte ihren Auftrag tatsächlich erfüllt und das Geburtstagsgeschenk des spanischen Königs für seine Frau geladen. Und Segador hat es nach dem Unglück gefunden und versteckt, um es irgendwann einmal abzuholen.«
»Nur dass daraus dann nichts wurde«, ergänzte Peter. Er zeigte auf die Sonne. »Die Kiste ist voll von dem Zeug. Und im Gegensatz zu Collins' Blüten ist das hier …« Er streckte die Hand aus. »Darf ich mal?«
»Bitte?« Rope sah auf. »Ja. Ja, natürlich.« Zögernd gab er Peter die Sonne.
»… ist das hier wirklich echt und, wie man so schön sagt, eine knallharte Währung. Pures Gold eben.« Der Zweite Detektiv führte einen der Strahlen zum Mund und biss auf das Kleinod.
»Ah ja, die Goldprobe.« Justus lächelte.
Plötzlich knackte es. Laut und vernehmlich. Peters Gesicht verzog sich schmerzerfüllt. Sofort nahm er die Sonne aus dem Mund.
»Was ist?«, fragte Rope. »Was hast du?«
Peter fasste sich an die Backe. »Mein Zahn. Ich glaube, ich habe mir ein Stück von meinem Zahn ausgebissen!«
Für einen kurzen Augenblick schaffte es Justus, betroffen dreinzuschauen und sich zurückzuhalten. Aber dann konnte er nicht anders. Er musste einfach grinsen.

1.000 Spuren ...
Du hast die Wahl

Die drei ???®

Dein Fall! – Hier entscheidest du, wie die Geschichte weitergeht! Ob am Filmset, beim Liverollenspiel, im Luxushotel oder auf den Spuren eines Schlangenräubers: Kombiniere klug und löse den Fall gemeinsam mit Justus, Peter und Bob!

je 144 S., €/D 8,99

kosmos.de/die_drei_fragezeichen Preisänderung vorbehalten